新 潮 文 庫

# 難　　　　　破

古着屋総兵衛影始末 第九巻

佐 伯 泰 英 著

新 潮 社 版

9218

# 目次

# 難破

## 古着屋総兵衛影始末　第九巻

# 序章

宝永四年（一七〇七）、晩秋の江戸に穏やかな日和《ひより》が続いていた。

大黒屋《だいこくや》の六代目当主の総兵衛《そうべえ》は、奥座敷で坊主《ぼうず》頭をぺたぺた叩《たた》きながら考えごとをしていた。

数日前、江戸湾の船隠し相州浦郷《うらごう》村深浦湾から和船造りの技術を傾注して造らせた南蛮型大型帆船大黒丸を出帆させていた。

大黒丸は新航路を開拓すべく北廻りで津軽海峡を抜けて加賀の金沢沖を下り若狭小浜《わかさおばま》湾に立ち寄り、金沢と京からの荷を積みこんで、琉球《りゅうきゅう》に向かうことになっていた。

主船頭は前回までの航海同様に分家の嫡男忠太郎《ちゃくなんちゅうたろう》が務めていた。

その補佐には三番番頭の又三郎《またさぶろう》、筆頭手代の稲平《いなへい》らが新しく乗り組み、それまで乗り組んでいた清吉《せいきち》らが船を下りて店の仕事に復帰していた。

第三回目の航海では、大黒丸は琉球を経由してさらに高砂（台湾）、呂宋《ルソン》、安南《アンナン》、暹羅《シャム》へと南下する予定であった。

「なにをお考えでございますか」

総兵衛の傍《かたわ》らには美雪《みゆき》がいて、生まれくる赤子の産着《うぶぎ》をせっせと縫っていた。

真新しい産着がすでに美雪の側《そば》に山積みされていた。

「美雪、何人やや子を産む気か」

美雪の問いには答えようとはせず、総兵衛は訊《き》いた。

「産着は何枚あっても多いということはありますまい。総兵衛様の子に汚れた肌着は着せとうはございませぬ」

「とは申せ、もはや十分過ぎると思えるがのう」

古着問屋の主《あるじ》夫婦にしては奇妙な会話、武家言葉だ。だが、それには仔細《しさい》があった。

徳川幕府開闢《かいびゃく》のときと等しくして御城近くの富沢町《とみざわちょう》に古着商の権利と拝領地を家康より与えられたのは、初代大黒屋の主、鳶沢成元《とびさわなるもと》だ。

当時、幕府の都城を建設中の江戸には仕官を求めて浪々の武士たちが無数入りこみ、夜になると野盗に変じて凶行を働き、朝にはあちらこちらに死体が転がる無法地帯であったのだ。

徳川家康と家臣たちには野盗を取り締まる余力はなかった。そこで家康は一計を案じて、野盗の頭分の一人、鳶沢成元を捕らえて、助命の代わりに仲間たちの鎮圧を命じた。

毒を以《も》って毒を制したわけだ。

鳶沢成元は家康の期待に応《こた》えて江戸の町に平安を取り戻した。

その褒賞《ほうしょう》として鳶沢成元に拝領地と古着商の権利を与え、御城近くに住まわせた。

家康は武家の鳶沢成元を商人・大黒屋総兵衛に仕立て、その実、隠れ旗本として徳川家と幕府の危難のときに活動させる密命を与えた。

古着商には莫大《ばくだい》な権益と同時に諸々《もろもろ》の情報が付いてきた。

金と情報を握った鳶沢成元には、古着問屋大黒屋総兵衛としての表の顔と、隠れ旗本鳶沢総兵衛成元としての裏の貌《かお》の二つがあった。

徳川幕府百余年の歴史の中で鳶沢一族は、幾たびとなく血の戦いに従軍して徳川家と幕府の危難を救ってきた。

だが、これらの活躍は徳川家の正史に記載されるものではなかった。

ともあれ、鳶沢一族も六代を数え、総兵衛は、

「武と商」

の長《おさ》として鳶沢一族と大黒屋を率いていた。

その総兵衛の昨今の葛藤《かっとう》と苦悩は、鳶沢一族の力と命を私闘と思える戦《いくさ》に傾注しなければならないことであった。

それは五代将軍綱吉の寵愛《ちょうあい》を一身に集める大老格、柳沢吉保《やなぎさわよしやす》との暗闘であった。

戦いの切っ掛けは、吉保が富沢町に集まる金と情報をわがものにせんと代々の大黒屋総兵衛に与えられてきた富沢町惣代《そうだい》の地位を奪い取り、息のかかった古着商に与えようとしたことにあった。

以来、柳沢一派と鳶沢一族は血で血を洗う争いを繰り返してきた。

だが、この戦いは家康が鳶沢成元に与えた使命から逸脱していた。

早い機会に決着をつけて本来の任務に戻さねばならないという考えが総兵衛の坊主頭に去来していた。

「なにをお考えでございますか」

と訊いた美雪もまた元は柳沢一派が放った刺客の一人であった。

だが、総兵衛との戦いに完敗し、迷いに迷った末に大黒屋の一門に加わったのだ。そして、時を経て、総兵衛と所帯を持ち、今、お腹《なか》には総兵衛の子がいた。

富沢町の大黒屋は二十五間（約四五メートル）四方の土地をロの字に漆喰《しっくい》造り総二階の店と蔵が囲み、中庭の中央に主夫婦の居室があった。そして、主の館《やかた》を隠すように庭には巧妙に樹木、泉水、庭石が配置され、外部からの侵入を防いでいた。

だが、鳶沢一族が莫大な費用と百年の歳月をかけて造りあげた富沢町の秘密はこれだけではなかった。

店の前を流れる入堀を最大限に利用して栄橋下から大黒屋の敷地内へ隠し水路が延びて、地下に造られた城へと繋《つな》がっていた。

総兵衛と美雪がいる真下には、鳶沢一族の結束の象徴の本丸、大広間と武器庫が隠されてあったのだ。

「あれ、大番頭様が」

美雪が店と主の居室を繋ぐ渡り廊下をやってくる笠蔵《かさぞう》の姿を認めて、針を針山に返し、茶を淹《い》れようと立ちあがった。

「ご機嫌いかがにございますか」

笠蔵は手に何冊かの帳面を持って総兵衛の決裁を受けようとしていた。だが、大黒屋の商いは総兵衛がいなくとも成り立ち、笠蔵を中心に小揺るぎもしないほどに運営されていた。

にもかかわらず、こうして日に何回か顔を見せるのは、総兵衛が大黒屋の主であるということを他の奉公人に示す忠誠の儀式《ならわし》であった。

なにより笠蔵が主夫婦と談笑するのを楽しみにやってきていたのだ。

笠蔵の用事は直《す》ぐに済んだ。

美雪が茶と金鍔《きんつば》を笠蔵の前に運んできた。

「内儀様、これは美味《おい》しそうな金鍔にございますな」

笠蔵は、酒は嗜《たしな》む程度だが、甘いものには目がなかった。

「いや、これは美味にございますぞ」

と一口食べた笠蔵が、

「大黒丸は今頃どこを走っておりましょうかな」

と誰にともなく訊いた。

第二回目の航海がもたらした利益は巨額なものであった。

幕府の禁じた異国との交易に敢然と挑んだ総兵衛の決断には、

「これもまた徳川幕府の御為《おんため》」

という確固とした考えがあった。

徳川幕府誕生から百年の歳月を経て、

「武から商」

の時代へと大きく変化していた。

だが、幕府は鎖国政策を幕藩体制の基本として変えようとはしなかった。

その間に日進月歩する諸外国の国力に大きく水をあけられていた。

総兵衛は忠太郎が大黒丸の装備として購入してきた最新鋭の大砲の威力に接

して震撼《しんかん》した。

だれかが諸外国の知恵と技術を学んでおかなければならないのだ。

総兵衛の頭には戦国・織豊時代の、

「楽市楽座」

を想定に入れた広大でかつ自由な交易が浮かんでいた。

国策は国策として商いは切磋《せっさ》琢磨《たくま》して力を増す、そんな考えがあっての巨大帆船の建造であった。

「さてどこを走っているか」

総兵衛と笠蔵では思い描く風景が異なっていた。

総兵衛は北の荒天の海に苦労する大黒丸を思い描き、なぜか笠蔵は燦々《さんさん》と光が降る南の海を走る大船を考えていた。

総兵衛は忠太郎に北廻り航路を指示したが、そのことを笠蔵だけに告げて、ほかの奉公人には告げていなかった。

「手代さんがひとり拗《す》ねておいでですぞ」

「駒吉《こまきち》か」

駒吉は大黒丸乗船を希望していた。だが、選ばれたのは又三郎であり、稲平であった。

「仕事をないがしろにしておるか」

「いえ、普段よりは熱心に仕事をしておりますがな、時折り遠くを見るような、半ば死んだ猫の目付きで何事か思案しております」

「まあまあ、半ば死んだ猫の目付きにございますか、可哀想《かわいそう》に」

美雪が笑い、

「総兵衛様、駒吉さんを伴いどこぞへお出かけになってはいかがです」

「そう急に言われても思いつくところもないわ」

「ならば千鶴《ちづる》様のお墓参りなどいかがにございますか」

「それはよろしゅうございますな」

美雪の言葉に笠蔵が賛意を示した。

千鶴は思案橋の船宿幾《いく》とせの一人娘だ。

総兵衛とは幼い頃から兄と妹のように育ち、千鶴は総兵衛の嫁になると固く心に誓ってきた。

だが、千鶴は一族の者ではなかった。鳶沢一族の秘密を守るために頭領の嫁は、一族からという不文律が生きていた。

総兵衛は悩んだ末に頭領を辞して、千鶴と所帯を持つことを決断した。

その直後、柳沢一派が放った刺客に千鶴は斃《たお》されて亡《な》くなっていた。

総兵衛が美雪を知る以前の話だ。

「そうよのう」

と呟《つぶや》く総兵衛に、

「ぜひお考えを」

と笠蔵が言い残して店に戻っていった。

総兵衛は立ちあがると地下への秘密の階段を開いた。

思い悩む気持ちを稽古《けいこ》で洗い流そうと考えてのことだ。

階段の途中で総兵衛は鈴の音を聞いたように思えた。

(なんと影の呼び出しか)

総兵衛は鳶沢一族の本丸、大広間への戸を開いた。すると初代の鳶沢成元の木像が置かれた見所《けんじょ》に明かりが点《とも》されていた。普段は明かりなど点されていない場所だ。それは何者かが侵入していることを意味した。

総兵衛が明かりに歩み寄ると一通の書状が置かれてあった。

(やはり影様が。となれば新たな御用が下るのか)

総兵衛は書状の封を披《ひら》いた。

その文字が飛びこんできた。

〈鳶沢総兵衛　徳川家の危難に非《あら》ず、御用に非ず……〉

総兵衛は明かりの下に座すと鳶沢一族の、新たな危機を告げる手紙の先を読みつづけた。

# 第一章　失《しっ》　踪《そう》

## 一

その夕暮れ、大黒屋の船着場から一隻《せき》の猪牙舟《ちょきぶね》が滑り出た。

「駒吉どん、しっかりと総兵衛様のお供をせえよ」

と大黒屋の荷運び頭、大力の作次郎《さくじろう》に言われて、櫓《ろ》を握る手代の駒吉が、

「頭、お任せくだされ」

と薄闇《うすやみ》に笑顔を浮かべた。

猪牙には総兵衛だけがざっくりと仕立てられた綿入れ小袖《こそで》を身に纏《まと》い、悠然と煙草《たばこ》をくゆらしていた。

「お墓参りにはちと遅い刻限にございますな、総兵衛様」

駒吉の問いかけに答えようともせず、総兵衛は船縁《ふなべり》に銀煙管《ぎんぎせる》の雁首《がんくび》を叩《たた》きつけると灰を水に落とした。

じゅっ
と音を立てて灰が水に散った。

「駒吉、大黒丸に乗り組みたかったか」

「はっ、はい」

「駒吉、大黒丸で苦労するも富沢町で汗するも奉公に変わりないわ。主船頭の忠太郎など、あの年まで江戸上がりすらせずに鳶沢村で頑張ったのだぞ」

「それはそのとおりにございますが」

「駒吉、総兵衛がなにを考えて大黒丸を造ったと考える」

「さて総兵衛様のお気持ちなど読めませぬ」

「われらに課せられた使命は徳川家の存続と幕藩体制の護持だ。だがな、異国を知らずして、どう幕府を守れというか。大黒丸の大砲を見たであろうが、あれが異国の力だぞ。総兵衛はこの目で異国の進んだ技を、諸々《もろもろ》を知りたい」

「はい」

「その総兵衛がこうして駒吉と猪牙舟に乗っておるわ」

「総兵衛様もそのうちに異郷に出られますか」

「おおっ、出らいでか。出るために大船を造った」

「なれば、そのとき、駒吉をお供に加えてくださいませ」

「よかろう」

「ほんとにでございますぞ」

駒吉が元気を取り戻し、櫓にも力が入った。

猪牙舟は入堀から大川へと差しかかり、駒吉は迷わず舳先《へさき》を下流に向けた。

千鶴の墓所は深川仙台堀の浄心寺にあったからだ。

「駒吉、舳先を竹町ノ渡しにとれ」

「はっ、お墓参りではないので」

「駒吉、だれが墓参りに行くと申した」

駒吉は笠蔵から、

「お墓参りの供の声がかかるかも知れぬゆえ、用意していなされ」

と囁《ささや》かれていたのだ。

駒吉は慌《あわ》てて舳先を上流へと向け直した。

冷たい風が川上から吹きつけてきた。

だが、駒吉は体を撓《しな》らせるように櫓を操って舟足を保った。

新大橋、両国橋と潜《くぐ》り、御米蔵を左手に見ながら猪牙舟は進んだ。

総兵衛は黙念と考えつづけていた。

御厩河岸《おうまやがし》ノ渡しを過ぎたところで駒吉は訊《き》いた。

「舟をどこに着けますので」

「竹町河岸の統五郎《とうごろう》親方のところだ」

「総兵衛様、また大船を造られますのか」

「これ以上、道三《どうさん》河岸に目をつけられてみよ。大黒屋は商いができぬわ」

総兵衛が平然と答えた。

竹町ノ渡しは浅草材木町と御上がり場と通称される寄合五千石巨勢《こせ》十左衛門《じゅうざえもん》の屋敷前、町名で言えば北本所表町を結んでいた。

もはや終《しま》い船も出た刻限、渡しの往来はなかった。

駒吉が竹町河岸の造船場の船着場に猪牙舟の舳先を軽くあてると総兵衛は、
ひらり
と飛びあがり、

「待っておれ」

との言葉を残して奥へと巨軀《きょく》を消した。

船大工統五郎の造船場では、今しも五百石船の艤装《ぎそう》の追い込みがおこなわれていた。

煌々《こうこう》とした光の作事場から、

「おや、大黒屋の旦那《だんな》」

という統五郎の声がして、総兵衛の立つ表に親方がきびきびと出てきた。

「商い繁盛《はんじょう》でなによりです」

「総兵衛様がさような言葉を統五郎にかけにきたとも思えねえ。まさか大黒丸に」

「親方が精魂こめて造りあげた船だよ、何事のことがあろうか。今頃は三段の帆を孕《はら》ませて波濤《はとう》を越えて疾駆してますよ」

「となると見当もつかねえ」

「先ごろまで大黒丸に乗船してくれた船大工の箕之吉《みのきち》さんに会いたくて、こうして顔を出したんですよ」

「箕之吉に」

と訝《いぶか》しい顔をちらりと見せた統五郎が、

「大黒丸を降りた当初は不満顔でねえ、仕事にも熱が入らない様子でしたよ」

と苦く笑った。

「何処《いずこ》も同じだねえ」

箕之吉と與助《よすけ》の交替は統五郎の申し出で行われたものだ。

「大黒屋さん、貴重な経験を一人でも多くの職人に積ませたい。統五郎は、名人といわれた大工の棟梁《とうりょう》の倅《せがれ》でございますよ。身許《みもと》もはっきりしているし、口も堅い男だ」

と新しい船大工を推挙したのだ。

自分の造った船で異郷の海を航海しながら、新しい船や造船技術を目の当《ま》たりにできる機会など鎖国下の日本ではできない相談だ。

統五郎は得がたい経験をできるだけ多くの職人に積ませようとしていた。

「ところが大黒丸が出帆して数日後に上州伊香保《いかほ》村から手紙が舞いこみましてねえ、大工の父親が仕事場で大怪我《おおけが》をして生きるか死ぬかの瀬戸際《せとぎわ》だという。一目でもいい、倅に会いたいと知らせてきました。箕之吉は、大黒丸を降りたのは神仏がそうさせてくれたのだと帰郷を頼みにきましてねえ、わっしも長い旅をしてきたばかりの箕之吉に許しを与えたんで」

「それで伊香保にねえ、その後、なにか箕之吉さんから言ってきましたかな」

「そういえば往来に四日、向こうに一日、都合五日で戻って参りますと出かけっ放しでなしの礫《つぶて》だ」

総兵衛は沈思した。

「総兵衛様、なんぞ箕之吉がやらかしましたんで。ならば正直にこの統五郎に言ってくだせえ」

「統五郎さん、箕之吉さんがなんぞやらかしたというわけではない。その上、よんどころのない事情で私が訪ねてきた理由も話せない。ちょいと大黒丸に関して気になることがございましてねえ、箕之吉さんの安否を確かめにきたんですよ」

頷《うなず》いた統五郎が、

「総兵衛様、大黒丸という化け物のような巨船を手がけさせてもらったときから、大黒屋さんとこの統五郎は一蓮托生《いちれんたくしょう》、お上の沙汰《さた》が下るならご一緒にと覚悟してきたんです。わっしに出来ることがあればなんでも命じてくだせえ」

と言い、首肯した総兵衛が、

「親方、箕之吉さんのお父っぁんの名はなんと言いなさるな」

「大工の豊松《とよまつ》にございますよ。親父《おやじ》のほかは婆様《ばば》、おっ母さん、妹と女ばかりで、四人家族が伊香保にいると聞いております」

と答えた統五郎は、

「行き違いにて箕之吉が戻りましたら直《す》ぐに富沢町に知らせます」

と言い添えた。

「そうしてくだされ」

総兵衛は踵《きびす》を返して猪牙舟に戻りながら、箕之吉の伊香保への帰郷のわけを考えていた。それは、真実《まこと》親父が怪我したのか。

だれかに親父の怪我を理由に誘いだされたか。

の二つであった。

大黒丸に乗り組んだ中でただ一人、箕之吉が鳶沢一族とは無縁の者だった。

だが、それは統五郎との信頼関係があってのことだった。

船大工箕之吉は大黒丸の建造前に鳶沢一族の新造《しんぞう》と正吉《しょうきち》と一緒に長崎に遊学、最新の異国の船の構造を勉強して、いろいろな用具を買いこんできてもいた。

そんな体験も考慮されて、大黒丸の試し航海から乗り組んできたのだ。つまりは大黒丸の秘密のすべてを、また大黒屋の行動を知る男でもあったのだ。

大黒丸を降りた者は、清吉ら大黒屋の奉公人たちにもいた。だが、総兵衛が知る限り、何事もなく働いていた。

ただ一人、箕之吉の行方が摑《つか》めなくなっていた。

「御用はお済みにございますか」

と暗がりの猪牙舟から駒吉が声をかけてきた。

「どうしたな」

駒吉の声音に異変を感じた総兵衛が訊いた。

「先ほどからだれぞに見張られているようで。いえ、気のせいかもしれませぬ」

総兵衛は猪牙舟に飛んだ。

小舟がゆれて、駒吉が船着場の杭《くい》を手で押すと櫓を握った。

大川には明かりを点《とも》した屋根船や猪牙舟が上流へと漕《こ》ぎあがっていった。

猪牙舟は山谷堀に急ぐところだろう、いわずと知れた柳橋から吉原通いの猪牙だ。

ふいに大川を闇が包んだ。

駒吉が舟の明かりを消したのだ。

寒風が二人の背から吹きつけてきて、駒吉は大仰に首を竦《すく》め、その動きの中に忍び寄る二隻の舟を確かめた。

「総兵衛様、左右から舟の挟み撃ちにございます」

駒吉は足元に携えてきた布包みを総兵衛に渡した。

鳶沢《とびさわ》一族の守り刀というべき三池典太光世《みいけでんたみつよ》だ。

総兵衛は布包みを剝《は》ぎ取ると腰に差しながら、

「駒吉の勘があたったな」

と呟《つぶや》いていた。

猪牙舟の両側から接近する無灯火の舟には三、四人の浪人者と思える影が座していた。

「なんぞ御用でございますかな」

「何用あって船大工を訪ねたか」

「ほう、統五郎親方を訪ねてはなりませぬので」

「おまえは何者か」

「富沢町の大黒屋の主《あるじ》と手代にございますが」

「なにっ、大黒屋とな」

切迫した声に変わり、よし、と何事か仲間に命ずる声がした。

それまで黒布にでも覆《おお》われていたか、左右の舟から二つずつ四つの強盗提灯《がんどうぢょうちん》が、
さあっ

と猪牙に差しむけられた。

その瞬間、総兵衛が思わぬ行動に出た。反動もつけずに虚空《こくう》に飛びあがると左から迫る舟の舳先に飛び移り、強盗提灯を持つ浪人に体当たりを食らわすと川の流れに落とした。

「糞《くそ》っ！ 斬《き》れ斬れ」

二番手の浪人が抜き放った剣を大きく振り被《かぶ》りながら総兵衛に突進してきた。

総兵衛はまるで能舞台を歩く能役者のようにわずかに腰を沈めて進みつつ、三池典太を舞扇のように振った。すると峰に返された典太で胴を打たれた襲撃者が水中に横倒しに飛んだ。さらに三番手、四番手の浪人たちが舟から消え、残った一人が、

「わ、わっしはなにも、ただの雇われ船頭だ！」

と叫んだ。

「ならば、仲間の舟の側にこの猪牙を寄せよ」

「へっ、へえ」

駒吉は右手の舟から飛び移ろうと虚空に身をおいた襲撃者の足に鉤縄《かぎなわ》を投げ

ると見事に足首に絡《から》みつかせた。
鳶沢一族で縄を扱わせたら右に出る者がいない業師《わざし》で、
「綾縄《あやなわ》小僧」の異名をとっていた。
櫓に片足を絡めて操船しつつ、鉤縄の端を持った手を、
くいっ
と引くと相手が水中に転げ落ちた。さらに、
「この二人、手妻を使いおるぞ！」
と叫んだ頭分が携えていた槍《やり》を扱《しご》いて駒吉に突きかけた。
駒吉は片足で保持していた櫓《ろ》を操ると猪牙舟《ちょきぶね》をくるりと回して狙《ねら》いを狂わせ、
相手が槍を手繰《たぐ》るところに鉤縄を投げた。
槍の千段巻きに鉤の手が絡み、左手一本に縄を翳《かざ》して引っ張った駒吉は、同
時に足を絡めていた櫓を水中で躍らせた。すると猪牙舟が再び急回転して、
くるり
と舳先を巡らした。縄が、

　ぴーん
　と張り、槍を手にしていた頭分が高々と虚空に舞って大川の流れへと飛びこんだ。

「た、助けてくれ、泳げんのだ！」

　悲鳴をあげる頭分に、

「槍を放さないでくださいよ、おまえさんの命綱だからな」

　と駒吉が上手に縄を操り、船縁へ誘導した。

　そこへ総兵衛が猪牙舟に飛び戻ってきて、駒吉が左手を虚空に払うと鉤の手が槍から外れた。

「さて、参りますよ」

　駒吉が両手で櫓を握ると、呆然《ぼうぜん》とした浪人者の間を、
　すいっ
　と下流へと漕ぎ進めた。

「何者でございましょう」

「だれぞに雇われた浪人者よ、小者に過ぎぬわ」

「雉《きじ》も鳴かずば撃たれまいに」

「そのことそのこと。鳴いたお陰で尻尾《しっぽ》を見せおったわ、道三河岸め」

と総兵衛が笑い、

「駒吉、旅に出ぬか」

「総兵衛様と二人旅にございますか」

「不満か」

「何の不満がございましょうや」

「ならば富沢町に戻って旅支度じゃぞ」

猪牙舟が舟足を早めた。

大黒屋に戻った総兵衛は、笠蔵と二番番頭の国次《くにじ》の二人の幹部を奥座敷に呼んだ。相変わらず美雪は次の間で産着《うぶぎ》を縫っていた。

「内儀様、あまり根を詰めるとお腹《なか》のやや子に障《さわ》りますぞ」

笠蔵が心配した。

「そろそろ止《や》めようと思います」

美雪が針仕事を止め、茶の支度にかかった。

「大番頭さん、国次、ちと嫌な事態が生じた。大黒丸に乗船していた箕之吉が故郷の伊香保村に戻っておる。大黒丸が出帆して数日後のことだ」

総兵衛は統五郎親方に聞いた箕之吉の近況を伝えた。

「それがなんぞご不審ですか」

笠蔵が首を傾《かし》げた。

総兵衛が黙って懐《ふところ》から影からの手紙を出し、笠蔵に渡した。

手紙を読み始めた笠蔵の顔が緊迫に引き攣《つ》り、

「なんとこれは」

という呟きが何度も洩《も》れた。手紙はさらに国次に渡された。国次は黙々と読み終えた。

「この書状と箕之吉の里帰りは繋《つな》がっておると総兵衛様は申されるので」

「杞憂《きゆう》なればそれでよい。だが……」

「気にかかりますな」

「大番頭さん、総兵衛自身が伊香保村に箕之吉の安否を尋ねに参ろうと思う」

「はい」

総兵衛は二人の幹部に留守の間の諸々《もろもろ》を指示した。

商いのことではない。鳶沢一族に降りかかる危難に対しての対処だ。

「総兵衛様、出立《しゅったつ》は明朝にございますか」

渡り廊下に足音がした。

「朝を待ちきれぬ人がおるでな。これからじゃあ」

美雪が茶を淹《い》れる手を休めて総兵衛を見た。

「美雪、やや子を頼むぞ」

と総兵衛が声をかけたとき、

「御免くださいましょ」

と廊下から駒吉が声をかけた。

「開けよ」

「はい」

障子が開かれ、旅の衣装で荷を抱えた駒吉が廊下に控えた。

総兵衛と笠蔵の口から、

「駒吉、これはまたどうしたことで」

という驚きの声が洩れた。

駒吉の頭は青々と剃《そ》りあげられていたからだ。

つるりと青坊主《ぼうず》の頭を撫《な》でた駒吉が平然と、

「総兵衛様は墨染めの衣を身に纏《まと》う托鉢僧《たくはつそう》の姿に扮《ふん》すると申されました。連れの私に髷《まげ》があってはおかしゅうございましょう」

よく見れば駒吉は黒衣を身につけた修行僧姿だ。

「主どのが主どのなれば、手代さんも手代さんだ」

と笠蔵が呆《あき》れた。

「大番頭様、旅のみ空にあるときは総雪《そうせつ》禅師に駒念《くねん》坊にございます」

「おやおや、勝手に名まで変えられたわ」

と総兵衛が苦笑すると、

「美雪、愚僧も旅支度を致そうか」

と立ちあがると小袖《こそで》を脱いだ。

「なんと」

墨染めの衣に手甲脚絆《てっこうきゃはん》、饅頭笠《まんじゅうがさ》に五尺ほどの長さの金剛杖《こんごうづえ》を手にすると托鉢僧総雪禅師が出来上がった。

駒吉は美雪から受け取った総兵衛の身の回りの品々を竹櫃《たけびつ》にきちんと入れて蓋《ふた》をし、その上に布に包まれた三池典太光世を寝かせて縛りつけた。櫃には風《ふ》呂敷《ろしき》に包まれた古着が何組か入れられてあった。

その竹櫃を背に負い、破れ笠《やがさ》を手にすると支度はなった。

「ちと慌《あわ》ただしい出立じゃが、これもわれらが宿命《さだめ》よ。美雪、笠蔵、国次、くれぐれも留守を頼みましたぞ」

と言い残すと奥座敷から地下へと通じる隠し扉を開けた。

「行ってらっしゃいまし」

笠蔵の言葉に送られて主従は闇《やみ》の階段へと姿を消した。

二

大黒屋には入堀に出る隠し水路のほかに古着屋が何百軒と看板を掲げる富沢

町界隈《かいわい》の小店《こだな》何軒かに通じる隠し地下道があった。これらの店は鳶沢一族の者たちが任されていた。

その一軒が大黒屋の担《かつ》ぎ商いから小古着屋へと出世した体《てい》を装《よそお》うおてつ、と秀《ひで》三《ぞう》親子の小店だ。

この親子、古着屋になった今も一族の中で敏腕を誇る探索方だ。

総兵衛と駒吉が隠し地下道から蓋を上げると、おてつと秀三親子の住居の台所に通じていた。

いきなり現れた二人の坊主頭に目を丸くしたおてつが、

「なんとまあ、総兵衛様よ、本物の坊主になって托鉢かねえ」

「そういうことだ。しばらく富沢町を留守するがよろしくな」

「へえっ、行ってきなせえ」

おてつと秀三に見送られた二人は江戸の闇に紛れこんだ。

中山道の第一の宿場は、板橋宿だ。

〈江戸の四口、各娼家《しやうか》あり。

品川を第一とし、内藤新宿を第二とし、千住を三、板橋四とす。是《これ》妓品を云也《いふなり》〉

後に『守貞漫稿《もりさだまんこう》』に書かれた評判は、総兵衛と駒吉が通過した宝永《ほうえい》期も変わりない。

二人は浅い眠りに就いた板橋宿を通過し、清水、蓮沼《はすぬま》村、そして小豆沢《あずさわ》村の下りにかかった。

ようやく東の空が白んできた。

「駒吉、腹が減ったな」

「駒吉ではありませぬ、和尚《おしょう》様」

「おう、駒念坊であったな」

「はい、総雪様。志村には立場《たてば》もございますゆえ、馬方相手の一膳飯屋《いちぜんめしや》など開いておりましょう」

志村の立場は戸田川を越える旅人が荷馬を都合したり、替え馬をしたりする場所で、伝馬《てんま》問屋を中心に店が何軒か連なっていた。

駒吉こと駒念坊は伝馬問屋とは反対側に飯屋らしき明かりを見つけた。

「あれに」

と総兵衛を誘うと、そこではひと仕事を終えた船頭やこれから仕事に出る馬方が酒を飲んだり、飯を掻《か》きこんだりしていた。

「ごめんなさいよ」

駒念坊は、総雪禅師を空いた縁台に座らせると奥の台所に向かった。

托鉢僧になりきれない総兵衛は馬方たちが茶碗《ちゃわん》酒を飲む光景をつい羨《うらや》ましくも眺めた。

「和尚様、白湯《さゆ》にございます」

駒念坊が大ぶりの湯飲みを捧《ささ》げもってきた。

「白湯か」

がっかりしながらも合掌して湯飲みを受け取り、口に持っていった総雪禅師が、

「おおっ」

と駒念坊が気を利《き》かせたことに満面の笑みで応《こた》え、酒を口に含んだ。

「甘露甘露」

総兵衛が満足そうに呟《つぶや》く。

「戸田の渡しが出るまでには半刻《はんとき》（一時間）はございましょう」

二人の托鉢僧は、戸田川で捕れたという鯉《こい》と、これまたこの辺りの名物の大根の炊《た》き合わせに豆腐の味噌《みそ》汁《しる》、麦ご飯で腹拵《はらごしら》えをした。

「渡しが出るぞお！　一番渡しじゃぞ！」

朝ぼらけの志村に船頭が叫ぶ声がして、主従も立ちあがった。

戸田の渡しは中山道の戸田村と志村を結ぶ舟運だ。

甲武信《こぶし》ヶ岳《たけ》に水源を発する荒川はこの界隈で戸田川と呼ばれる。下流では浅草川、隅田川、河口付近では単に大川とも称される。

総兵衛と駒吉が河原に下りたとき、すでに一番渡しは河原で待機していた飛脚や急ぎ旅の武家などで一杯になっていた。が、時を同じくして出る二番渡しに二人は六文ずつを払って乗りこむことができた。

舳先《へさき》に座った駒念坊は破れ笠を脱いで、乗合客を確かめた。

すぐかたわらには馬の手綱《たづな》を引いた老百姓に孫娘の二人連れだ。その他も大半が土地の人間とか馬方のようだ。

二人が乗る渡しには二頭の馬も乗船していた。

「総雪禅師様、私の行き先はどこにございますか」

「おおっ、駒念坊にもまだ言うてなかったか」

総兵衛は駒吉の言葉にそのことを気づかされた。

「昨晩、統五郎親方を訪ねたは、大黒丸に乗りこんでいた船大工の箕之吉の安否を確かめることであってな」

「なんぞ箕之吉さんにご不審が」

「どこぞのだれかがまた大黒丸に関心を持たれておってな。船を降りた人間たちに狙《ねら》いをつけおったわ」

総兵衛は影からもたらされた情報に基づく行動を単にこう説明した。

「なんと」

と驚いた駒吉が、

「一族の者でない箕之吉さんに狙いがつけられましたか」

「そのことよ。それで統五郎親方を訪ねてみたら、大黒丸が出帆して数日後に国の伊香保村から手紙が届いて、お父つぁんが死ぬの生きるのの大怪我《おおけが》をしたという話ではないか」

「それで箕之吉さんは伊香保村に帰られたので」

「駒吉、万事都合がよ過ぎぬか」

「箕之吉さんがだれぞに誘いだされたと」

「考えてもみよ、船大工の箕之吉は大黒丸のすべてを知る人間だぞ」

「一族の秘密を知りうる立場にもありました」

「そこよ」

駒吉は総兵衛の危惧《きぐ》が理解できた。

「総兵衛様、となれば昨夜の者たちの行動も納得できますな」

渡し舟の舳先が戸田側へと着いた。

二人の托鉢僧は河原で草鞋《わらじ》の紐《ひも》を結び直し、竹櫃を背負い直して蕨《わらび》宿を目指した。

なにしろ二人して六尺（約一八二センチ）豊かな偉丈夫である。それが街道を、
ぱっぱっ

と裾《すそ》を蹴《け》り飛ばすように行くのを、追い抜かれた旅人が呆れ顔に見送った。

蕨宿を出ると見渡す限りの荒地が広がった。

蕨から浦和宿まで一里十四丁（約五・五キロ）、さらに次の大宮宿一里十丁、晴れあがった空に富士を眺めながら二人の足は二里先の上尾《あげお》宿へと向かった。

右に岩槻《いわつき》道、左に川越道が伸びる宿場の中ほどに、
名物胡麻《ごま》うどん
の暖簾《のれん》を見た二人の足がようやく止まった。

先客たちが啜《すす》るさまを見れば、太めのうどんをたっぷりの青葱《あおねぎ》を入れた胡麻だれで食べるようだ。

「駒念坊、私どもも胡麻うどんを貰《もら》いますかな」

総兵衛の言葉に駒吉が奥へと注文を通しながら、背の竹櫃を下ろした。

総兵衛もまた饅頭笠を脱いで、頭に光る汗を手拭《てぬぐい》でふき取った。

なにしろ徹夜での歩行である。いくら晩秋とはいえ汗をかく。

そのとき、街道を四人組の侍が通りかかった。

桶川《おけがわ》宿から上尾を通過して大宮へと急ぐ道中だ。

一行の年長者はがっちりとした体格の剣客で、一文字笠《いちもんじがさ》の下の顔を険しく前方に向けていた。

肩を並べたのは若い武家でどこぞの大名家の家臣のようだ。だが、勤番者ではなく国詰《くにづめ》の侍であることを持ち物や身のこなしが示していた。

残りの二人は剣客の門弟か、一人は長身でもう一人は小太りの体付きをしていた。

若侍が手拭で青坊主の頭の汗を拭う総兵衛に目をやり、訝《いぶか》しそうな顔をしたが、

(坊主ではな)

と胸の内で呟きながらうどん屋の前を通り過ぎた。

名物胡麻うどんは、二人の喉《のど》になんともさわやかに啜りこまれた。

「これはおいしいな」

「旅には出るものでございますな」

と言い合った二人は、二杯目のうどんに心を残しながらも立ちあがった。

上尾から桶川宿へ三十丁、鴻巣《こうのす》へ一里三十丁、二人の足はさらに四里七丁

（約一六・五キロ）先の熊谷宿《くまがや》まで止まることはなかった。

暮れ六つ（午後六時頃）、ようようにして一軒の旅籠《はたご》に飛びこんだ主従は、一夜目の宿りの部屋をとることができた。

二人はすでに先客たちが浸《つ》かった湯に入り、徹夜で歩きつづけてきた手足を伸ばした。

「総兵衛様、明日には伊香保村に到着しましょうな」

「急げばな」

「急ぎませぬので」

「なんぞ胸のあたりがもやもやと気になってな」

「総兵衛様の勘はようあたります」

「どうしたものかのう」

と総兵衛がいうと両手で湯を掬《すく》い、顔を洗った。

同じ刻限、中山道の初宿板橋の旅籠に四人連れの侍たちが投宿して、かたわらにそれぞれ飯盛女《めしもり》たちを侍《はべ》らせていた。

剣客岡部《おかべ》六郎太《ろくろうた》常松《つねまつ》と大老格柳沢吉保の家臣植木《うえき》三之丞《さんのじょう》、それに岡部の門弟、田野《たの》倉権八《くらごんぱち》と興津《おきつ》悦次郎《えつじろう》だ。

「どうなされたな、植木どの。先ほどから考えこんでおられるではないか」

岡部が若侍の植木三之丞に声をかけた。

「三之丞どのには相方が若すぎて気にいられませぬかな」

田野倉が追従《ついしょう》を言うように口を挟んだ。

四人は江戸入りしているというのに板橋宿にわざわざ一泊して旅の苦労を洗い流そうとしていた。

箕之吉を江戸から追跡して、途中でまかれ、伊香保に直行した後、無念にも江戸に戻る途次だった。

「いえ、そんなことではございませぬ」

ちらりと若い女郎を見た植木が、

「岡部様には、上尾宿のうどん屋ですれ違った二人の僧を覚えておられませぬか」

「いや、一心に前を見ておりましたでな」

と岡部が否定し、興津が、

「それがしは覚えておりませす。二人してなかなかの偉丈夫でございましたなあ」

の言葉に植木が頷《うなず》き、

「それがどうなされたか、三之丞どの」

と岡部が訊《き》いた。首を傾《かし》げ、しばらくおのれの考えを確める風情《ふぜい》の植木が、

「岡部どの、頭の汗を拭いていた坊主にございます。大黒屋総兵衛の風貌《ふうぼう》に似ておりますようで」

「なにっ」

と手の盃《さかずき》を置いた岡部が、

「確かでございますか」

「先ほどからそのことを考えておりますので。それがしが総兵衛を遠目に見たのは何年も前のこと、行方不明となられた御番頭隆円寺真悟《りゅうえんじしんご》様の供で富沢町の店の前から船に乗りこむ姿をちらりと見ただけでございます」

隆円寺は柳沢吉保の命で大黒屋一派潰《つぶ》しの前面に立ち、時に家臣団を、時に

雇い入れた剣客団を率いて、鳶沢一族との戦いを繰り返してきた。だが、宝永二年（一七〇五）、伊勢神宮の前を流れる聖なる川、五十鈴《いすず》川で鉄砲水に襲われていた。大黒屋の小僧、栄吉《えいきち》こと火之根御子《ひのもとのみこ》の幻術で奔流する流れに飲みこまれ、姿を没したのだった。

そのときから二年の歳月が過ぎていた。

植木が隆円寺の供で総兵衛を見たのはまだ前髪を残した小姓時代だ。

「植木どの、とくと思い出してくだされ。これは大事なことやもしれませぬぞ」

「曖昧《あいまい》とした記憶でござったが、大黒屋は坊主頭などではございませぬ」

「いえ、植木どの、それこそ大黒屋総兵衛の証《あか》しかもしれませぬ」

「なぜですな」

「この仕事を請け負うて以来、それがし、手下を大黒屋周辺に配して調べましてございます。総兵衛自身はなかなか表に顔をみせませぬが、大黒屋出入りの古着屋や船頭たちが、坊主頭の総兵衛様もなかなかの貫禄《かんろく》じゃなと噂《うわさ》しているのを聞いております」

「商人の総兵衛が坊主頭ですと、なぜ頭を丸めたのです」

「そこです。道三河岸では過日、甲賀鵜飼《うかい》衆を擁して大黒屋の縁戚《えんせき》のるりなる娘を勾引《かどわか》して殺したとか」

「それがしも聞きました」

「総兵衛はそれを知って頭を丸めたそうな」

「なんと」

と絶句した植木三之丞が、

「まさか上尾宿のうどん屋ですれ違った男は大黒屋総兵衛」

「植木様、上尾の先にはわれらがいた伊香保村がござるよ。総兵衛が伊香保を目指したとしてもなんの不思議もござらぬ」

「となると残った勝沢《かつざわ》たちの安否が気になります、大黒屋総兵衛のことを知りませぬからな」

田野倉が言い、頷いた岡部が酒器を膳《ぜん》に返した。

「田野倉、興津、伊香保村にただ今より戻る。即刻支度を致せ」

「これからで」

女郎に心を残した興津が言うのを岡部が、じろりと睨《にら》み、

「興津悦次郎、無理とは言わぬ。そなたはこの宿に残れ」

「いえ、ただ訊《たず》ねただけにございます」

興津が未練げに酒器の残った酒を飲み干すと立ちあがった。

「お客さん、お発《た》ちかねえ。私どもの揚げ代はどうなるねえ」

四人の飯盛女の姉さん株が言いだした。

「手も握っておらぬわ」

田野倉がいうと、

「この刻限から客を探せといわれても茶を引くだけだよ」

と言い張る姉さんに植木が一分金を投げ与えて、

「これを分けよ」

と命じた。

慌《あわただ》しく旅支度を整えた四人が戸田川の渡し場へ逆戻りするのを宿場の暗がり

から眺めていた柳沢吉保の密偵白髪《しらが》の臑造《すねぞう》が、

(はて、植木様方はなぜ中山道を戻られるか)

と考えながら、手馴《てな》れた尾行を始めた。

翌朝七つ(午前四時頃)、総兵衛と駒吉は熊谷宿を出るとおよそ三里先の深谷《ふかや》宿を目指した。

まだ街道は暗く女連れの旅人は提灯《ちょうちん》の明かりで足元を照らしていた。

だが、旅慣れた二人は明かりも点《つ》けずに下石原、上石原、植木、高柳、新堀、籠原《かごはら》、東方と街道際《ぎわ》の村々を通過して深谷宿で朝の光を見た。

二人は問屋十兵衛《じゅうべえ》近くの飯屋で里芋の煮付けに葱の味噌汁、大根の古漬けで麦飯を搔《か》きこみ、再び街道に出た。

次なる宿場は、二里二十五丁先の本庄《ほんじょう》宿だ。

勅使河原《てしがわら》村で神流《かんな》川に差しかかった。

急流である。

渡し舟は川に張り渡された綱を繰りながら客を渡した。

二人は上野国《こうずけ》に入ったことになる。

「総兵衛様、箕之吉さんが道三河岸の手に落ちたとしたら、まず一番の危機はなんでございましょうか」

「箕之吉は、大黒丸の船の構造をすべて承知しておる。だが、これは柳沢様にとって二の次の関心であろう。まず大黒屋が異国との交易に着手しているかどうかの証拠を摑《つか》みたいのが先であろうよ」

「大黒丸のこれまで立ち寄った港はどれほどにございますな」

「琉球の首里《しゅり》から高砂（台湾）、唐《もろこし》の厦門《アモイ》、澳門《マカオ》、さらに呂宋《ルソン》を箕之吉は承知しておる」

「喋《しゃべ》られたら一大事にございます」

「あれほどの巨船だ、船大工を同乗させぬわけにはいかなかったからな。まあ、統五郎親方の推薦なされた大工ゆえ、軽々に喋るとも思えぬが」

「総兵衛様、人間は痛みには弱いものでございます」

「うーむ」

駒吉は、拷問《ごうもん》を受けたら箕之吉はひとたまりもあるまいと言っていた。

「一番の危惧《きぐ》は深浦の船隠しを道三河岸に知られることよ」

「われら鳶沢一族の首根っこを押さえられたも、同然にございますぞ」

「その通りじゃよ」

大黒丸には海外の湊《みなと》に立ち寄ったことを示す海図から交易品の数々、さらには最新鋭の大砲までが積みこまれていた。

「なんとしても箕之吉さんが敵方に捕捉《ほそく》される前に会いとうございますな」

「もし道三河岸の手で呼びだされたとするならば、すでに七日余りが過ぎておる。捕まったと考えたほうがよい」

「となれば、箕之吉さんがどれほど持ち堪《こた》えてくれるか」

「素人《しろうと》なればな」

総兵衛と駒吉二人の不安はそこに行き着く。

本庄宿を通過したのが五つ半（午前九時頃）過ぎの刻限、新町、倉賀野で烏《からす》川（簗瀬《やなせ》川）を舟橋で渡った。

この倉賀野には倉賀野河岸があって、上州から信州の年貢米《ねんぐまい》を二十五里先の江戸まで舟運で運びこんだ。

本庄宿から高崎宿までおよそ五里（約二〇キロ）を二人は昼過ぎまでに走破していた。

高崎宿は交通の要衝である。

この宿場外れで本道の中山道は脇《わき》街道の榛名《はるな》街道と分岐し、さらには越後、佐渡に向かう三国街道は、渋川、猿ヶ京を経て三国峠で越後との境を越えた。

総兵衛と駒吉は三国街道を選んだ。

「どうやら今日中に伊香保村に着きそうでございますな」

「五里ほどであろうが、渋川からは山道に入るでな、どうしたものか」

「総兵衛様の胸のもやもやはいかがにございますな」

「道中は忘れておったわ」

赤城山を右前方に見ながら総兵衛と駒吉は渋川宿を目指した。

三

榛名山の北東斜面に位置する伊香保村は、雷のなる里として知られ、榛名山信仰と温泉が有名であった。

総兵衛と駒吉が渋川から伊香保への山道に差しかかったとき、すでに陽光は初冬の気配の山の端《は》に沈んで、夕闇《ゆうやみ》が辺りを支配していた。

「箕之吉さんの家を総兵衛様はご存じにございますか」

「大工の豊松としか分からぬが村のことだ。どこぞで問い合わせれば知れよう」

渋川から二千尺（約六〇〇メートル）余の高さまで雑木林の中を急な山道が続いた。

さすがに総兵衛は駒吉に持参の提灯を点《とも》すことを命じて、明かりを頼りに進んだ。

冷え込みが一段と厳しくなった。

それでも二人の足の運びは衰えることはなかった。

山道二里半、途中で残光が消え、闇に変わった。

駒吉が差しかける提灯の明かりのみが頼りの道中になった。

明かりに野地蔵が浮かび、また闇に没した。

どれほど歩いたか、駒吉は冷気の中に湯の匂《にお》いをふんわりと嗅《か》ぎ取った。

「総兵衛様、どうやら到着したようにございます」

「五つ（午後八時頃）の刻限かのう」

「そんな塩梅《あんばい》にございましょう」

坂道が大きく折れ曲がり、明かりが二人の目に飛びこんできた。

湯治宿では酒を飲んでいる男衆《おとこし》もいるらしく、ざわめきが伝わってきた。

「総兵衛様」

足を止めた駒吉が驚きの声を上げた。

幅六、七間（一一、二メートル）もある石段が伊香保神社に向かって真《ま》っ直《す》ぐに伸び、その左右には湯治宿が櫛比《しっぴ》していた。

「なかなかの湯治場だのう」

総兵衛が饅頭笠《まんじゅうがさ》の縁を片手で上げて、湯治場の景観を見あげた。

「どうなさいますな」

「旅籠《はたご》を決める前にどこぞに土地の人間が集まる煮売《にうり》酒場などないか。腹も満たさねばなるまいし、豊松さんの家を知っておきたいでな」

湯治宿にこの刻限から泊まっても食べるものがあるとも思えなかった。

主従は最初の石段を上がった。

段々は真ん中の二間ばかりで、その左右は三尺ほどの石垣になっていた。そして平たい石畳が広がり、また二段目の石段がやってきた。

そんな石段が五つか六つ、山の上まで繰り返し続いていた。

石段の左右の側溝には湯が滔々《とうとう》と音を立てて流れ、湯煙が立ち上っていた。

二人は三段目の石段を上がったところに路地の入り口を見つけた。

酒を酔い食らった男たちの声が石段まで響いてくる。

「あれでいかがにございますな」

「破戒坊主《ぼうず》の真似事《まねごと》をいたそうか」

「総雪禅師様、元々われらは偽《にせ》坊主でございますればな」

「駒念坊、そうであったそうであったわ。ついうっかりと忘れていたぞ」

巨漢の托鉢僧《たくはつそう》二人が居酒屋の前に立つと小女《こおんな》が、

「お坊さん、うちの旦那《だんな》の赤熊《あかくま》はよ、舌出すのも嫌いな性分でな、他にあたっておくれな」

と托鉢と間違えて断った。

「姉さん、持ち合わせはございます。酒と飯を馳走《ちそう》してくだされ」

駒吉が対応した。

「銭さえあれば、うちは坊さんでもなんでも客だぞ！」

胴間声が響いて、主《あるじ》が二人の前に立った。赤熊と異名を持つだけに顔は赤ら顔で手の甲にも黒々とした毛が生えていた。

「ありがたいことでございます」

駒吉が合掌すると、

「坊さん、手を合わされても適《かな》わねえ。銭を見せてくんな」

と要求した。仕方なしに駒吉が懐《ふところ》の巾着《きんちゃく》を引きだし、
ちゃらちゃら
と音を響かせた。

「おっ、坊さん方、人は見かけによらないというが、なかなかの金持ちだねえ」

と鋭い勘を赤熊が見せた。

「うちは上酒なんぞはねえ、濁り酒だ」

「かまいませぬ」

総兵衛が饅頭笠を脱ぐと空いていた土間の卓に座りこんだ。

土地の人間のほかにも退屈した湯治客が入り交じって濁り酒を飲んでいた。

小女に酒と食べ物を出すよう言い付けた赤熊が言いだした。

「坊さん、ここいらは榛名山詣《もう》での講中は多いが、坊さんは珍しいな」

「ちょいと人を訪ねて参りました」

「土地の人間か」

「大工の豊松さんにございます」

「豊松父つぁんだって、今日は来てないがねえ」

「この店にも顔を見せられますので」

「伊香保じゃあ、うちくらいだな。年中休みなし夜遅くまで酒を飲ませる店だがよ」

「豊松さんは怪我《けが》をなされたと聞きましたが」

「豊松父つぁんが、怪我を。一昨日《おととい》の夜にも酔い喰らっていたが帰りにでも転んだか」

　と赤熊が驚き、

「おい、大工の豊松父つぁんが怪我したってだれか聞いたか」

　と店の客に怒鳴って訊《き》いた。

　その言葉に奥の板の間で飲んでいた渡世人の一人が聞き耳を立てた。

「いえ、昨日今日のことではないんです」

　駒吉が慌《あわ》てて赤熊に言った。

「ならばぴんぴんしていようぜ」

　と赤熊が駒吉を振りむいた。

「それを聞いて安心いたしました」

　総兵衛らの卓へ小女が丼《どんぶり》に濁り酒をなみなみと注いで運んできた。

「いただきます」

　総兵衛と駒吉は丼の縁に口をつけると、
　くいくい
　と飲み干した。

「坊さん方、なかなかいける口だねえ」

「こればかりはだれになにを言われようと止《や》められませぬ」

総兵衛が笑った。

「豊松さんの倅《せがれ》さんが伊香保に戻っているという話にございますがな」

「箕之吉がかい、そんな話は聞かないがねえ」

赤熊が言い切り、二人連れの渡世人が、

「邪魔したな」

と飲み代を投げだすようにおくと長脇差《ながどす》を片手に総兵衛らのかたわらを擦り抜けて路地へと出ていった。

「赤熊」

と応じたのは土地の駕籠《かご》かきと思える男だ。

「おら、奇妙なことを聞いただよ。なんでも倅の箕之吉のことを訊きまわる侍がいるちゅうことだよ」

「おれも江戸から来たというよ、おっかねえ侍に訊かれただ」

馬方風情《ふぜい》の男が言いだした。

「その方々は今も伊香保におられますので」

駒吉の問いに、

「人数は一人に減ったがよ、湯元屋に長くよ、泊まっておるがねえ」

と馬方が答えた。

「箕之吉なればよ、悪さして追いかけられることもあるめえよ。なにがあったかねえ」

赤熊が首を捻《ひね》り、

「ところでおめえ方もその仲間じゃあるめえな」

と二人を睨《にら》んだ。

「滅相もございませぬ。愚僧らは托鉢の僧なれば、そのような方々と関わりはございませせぬ」

「なんで豊松父つぁんや箕之吉のことを訊く」

「いえねえ、渋川で世話になった家の方が伊香保にいくなれば、豊松様が怪我をしたと聞いたゆえ、見舞いを届けてくれとわれらに託されましたので」

「そんなことかい。豊松父つぁんの家は伊香保神社の前を左手に回った崖《がけ》下だぜ」

と家まで教えた。

総兵衛と駒吉は二杯の濁り酒を飲み干すと蒟蒻《こんにゃく》と葱《ねぎ》ぬたで飯を食べて、早々に赤熊の店を出た。

「駒念坊、旅籠を捜す前に豊松爺様《じいさま》の家を訪ねようか」

「承知にございます」

荷を負い直した駒吉の駒念坊と総兵衛の総雪禅師は石段の一番上まで登りつめた。

総兵衛は石段の一番上の右手の湯治宿の看板が湯元屋であることを見た。

江戸から来たという不審な侍が長逗留《とうりゅう》している旅籠だ。

まとわりつくような監視の目を総兵衛も駒吉も感じた。

二人は伊香保神社への石段の手前で左へと曲がった。すでに眠りについたか、どこの民家も森閑としていた。だが、寒い闇に目を凝らすと、
ぽおっ
と煙草《たばこ》の火が浮かんで消えた。

「もうし、お尋ねします」

相手は沈黙したままだ。

「大工の豊松さんのお家《うち》をさがしております」

再び沈黙が続いて、

「どこから来なさった」

「江戸にございます」

総兵衛が囁《ささや》き、

「江戸」

と自問するような声が続いた。

男の背の障子戸には大工豊松と書かれているのが中からの光で確かめられた。

「豊松さんでございますか」

「あんた方は」

「江戸の富沢町で古着問屋を営んでおります商人にございます」

「古着問屋の旦那が坊さん姿とはどういうことかね」

「わけは後ほど申します。船大工の統五郎さんのところに弟子入りされておられる箕之吉さんは戻っておられますか」

「だれもかれもが箕之吉を訪ねてくる、なぜだねえ」

豊松が嘆いて訊いた。

「一体全体、箕之の野郎がなにをしたというだ」

「豊松さん、箕之吉さんが自分の造った船に乗り組んで海に出られたことを承知にございますか」

「大黒丸という途方もねえ船を造っているとは知らせてきたがな」

「その船の注文主が私にございます」

「おまえ様がねえ」

「私どもは大黒屋総兵衛と手代の駒吉にございます」

「狭《せめ》え家だが、中に入ってくだせえや」

豊松が背の戸を押し開き、総兵衛と駒吉を中に招じ入れた。

土間の向こうの板張りには囲炉裏《いろり》の火がちろちろと燃えて、三人の女たちが内職に精を出していた。

老婆《ろうば》と豊松の女房に娘の三人が藁《わら》を打っては、草鞋《わらじ》造りをしていた。

「夜分お邪魔いたします」

総兵衛が饅頭笠を脱ぎながら挨拶《あいさつ》し、駒吉も習った。

「江戸の古着問屋大黒屋さんの主様と手代さんじゃと」

女たちが怯《おび》えた視線を二人に向けた。

「ご不審はごもっともにございます。事情は詳しくは話せませぬが、箕之吉さんの安否を確かめたくて急ぎ旅をしてきました」

「まずは囲炉裏端《ばた》にきなせえ」

豊松の言葉に二人は草鞋の紐《ひも》を解《ほど》き、裾《すそ》の埃《ほこり》を払って囲炉裏端に座った。

「大店《おおだな》の旦那が坊主頭とはどういうこっだ」

老婆が訊いた。

「今年の春、大黒屋の奉公に出ていた姪《めい》を不慮の出来事で亡《な》くしましてございます。若い娘の死にはこの私も責任の一端がございました。そこで姪の供養《くよう》に頭を丸めましてございます」

「旦那に従って手代さんも頭を丸めただか」

「いえ、私は坊様姿の総兵衛様の供に似つかわしいように二日前に自ら剃《そ》りあげたばかりにございます」

「坊主姿で伊香保までこられた。それも箕之吉の安否を確かめられにな、箕之吉はなにをしただ」

「先ほども申しあげました。私が統五郎親方に大船の建造を頼み、出来上がった船に箕之吉さんが乗り組んでくれた。この船の大きさや諸々《もろもろ》の工夫をすべて箕之吉さんはご存じでございます。そのことを知りたい者たちが箕之吉さんを摑《つか》まえようとしているのでございます」

総兵衛が駒吉に合図すると駒吉が背に負ってきた竹櫃《たけびつ》から油紙で包まれたものを出して総兵衛に渡した。

総兵衛が油紙を解くと豊松の前に広げた。

それは大黒丸を建造した折り、棟梁《とうりょう》の統五郎が苦心して描き上げた船の絵図面であった。

二本帆柱に三段の横帆、さらには補助帆が風を孕《はら》んで波を切る姿があった。

図の右上には、

南蛮型帆船大黒丸

と付記されていた。

「この船を造る仕事に箕之吉は携わったか」

豊松が感に堪えぬように洩《も》らした。

「そればかりか試し乗りから初めての航海にも付き合っていただきましてございます。ですが、此度《こたび》は統五郎親方が他の朋輩《ほうばい》衆にも乗船を経験させたいと箕之吉さんを下船させたのでございます。その数日後、竹町河岸にこちらから手紙が届き、親父《おやじ》どのの豊松さんが大怪我をして死ぬか生きるか、一目会いたいとの知らせがございました」

「おら、元気だ。手紙なんぞ出してもねえ」

「つまりは箕之吉さんの経験を喋《しゃべ》らせたい輩《やから》の仕業にございましょう。伊香保に来て、こうして豊松さんにお目にかかってはっきりと分かりました」

総兵衛が言い、

「箕之吉さんはお戻りではないので」

「ねえな」

と豊松が即座に顔を激しく横に振った。だが、女たちのひとりに動揺が走った気配がした。

「だが、箕之吉さんは九日も前に江戸を出られた」

「摑まっただか」

老婆が訊いた。

「いえ、未《いま》だこちらを見張る輩が湯元屋に投宿しているという話にございます。ならば箕之吉さんが捕われたということではありますまい」

総兵衛の言葉に四人がほっと頷《うなず》いた。

「皆さんは湯元屋に不審の者たちが泊まっていることをご存じにございますな」

「伊香保は大きくもねえ。湯治客でもねえよそ者が長逗留しておればすぐ分かるだ」

「侍にございますか」

「侍一人に渡世人も混じって三人が残っておるだ」

駒吉は総兵衛らの話を聞きながら、そっと屋内を見まわした。

囲炉裏端のほかに板の間に筵《むしろ》を敷いた座敷が一間続いているだけで箕之吉が

潜んでいる様子は見かけられなかった。

総兵衛は大黒丸の絵図を畳むと油紙に包みこみ、駒吉に渡した。すると反対に駒吉が風呂敷《ふろしき》包みを総兵衛に渡した。

「商いものの古着にございますが、お使い下さらぬか」

と総兵衛が包みを解くと男物の棒縞《ぼうじま》の袷《あわせ》、女物の絣《かすり》など四組の仕立物が出てきた。

駒吉が土産にと選んで持参してきたものだ。

箕之吉の妹の目がきらきらと光って、黄と紺の縞絣に注がれた。

「さてお邪魔しましたな。今晩はどこぞの湯治宿に泊まらせてもらいますゆえ、江戸に戻る前にもう一度訪ねて参ります」

総兵衛が挨拶すると、

「大黒屋の旦那、宿のあてはあるのかえ」

「先ほど着いたばかりで未だ決めてはおりませぬ。こちらのことは赤熊と申す酒屋の亭主に聞いてきました」

「ははあん、赤熊が話したか」

「はい」

「赤熊の店とは反対の裏道に湯治宿の榛名屋《はるなや》があらあ。そこなれば、戸を叩《たた》けば番頭が帳場に座っている刻限だ。大工の豊松の声がかりといえば、なんとか都合して泊めてくれよう」

「助かりました」

総兵衛と駒吉は、囲炉裏端から土間に下りると草鞋の紐を結び直した。

四

伊香保には一段と厳しい夜の寒さが支配していた。

伊香保神社前へと歩きながら、駒吉が、

「総兵衛様、箕之吉さんはどこへ消えたのでございましょう」

「あの家族、なんぞ隠しているようにも思えるがすぐには喋るまい」

「ともかく箕之吉さんが敵方の手に落ちてないことだけは確か、一安心にございましたな」

「そのことよ。江戸から急ぎ旅をしてきた甲斐《かい》があったというもの」

と総兵衛が答えたとき、伊香保神社の鳥居の陰に三つの影が立って、総兵衛たちを待ち受けていた。

「おや、あちらさんからお出迎えだ」

影がゆらりと動いて総兵衛と駒吉の前に立った。

「坊主《ぼうず》、何者だ」

と浪人が訊いてきた。

「托鉢僧《たくはっそう》の総雪禅師に駒念坊にございますよ」

「なぜ豊松の家を訪ねたな」

「おやおや、そちらのお二人は赤熊の店におられましたか」

渡世人二人は店にいて赤熊が、

「おい、大工の豊松父つぁんが怪我《けが》したってだれか聞いたか」

と客に怒鳴って訊いたとき、居合わせていた。そして、その直後、総兵衛らのかたわらをすり抜けて外に消えていた。

「へえ、お答えいたしましょうかな。豊松さんの倅《せがれ》、箕之吉さんに用事がございますので」

「なにっ！」

三人に緊張が走り、渡世人の一人は長脇差《ながどす》を抜くと、だらりと提げて持った。もう一人は懐《ふところ》の匕首《あいくち》に片手をかけるためか、襟口に左手を突っこんだ。

「ただの坊主じゃなさそうだ」

「お手前方は湯元屋に投宿して、箕之吉さんが姿を見せるのを待っておいでか」

「いよいよ怪しい」

浪人剣客が剣の柄《つか》に手をかけた。

駒吉がそっと背の竹櫃を下ろして足元に置いた。

総兵衛の手には金剛杖《こんごうづえ》があった。

「私が江戸の富沢町惣代《そうだい》大黒屋総兵衛と名乗ったらどうなされますな」

「おっ！」

浪人が驚きの声を洩らし、
「おまえが大黒屋の主《あるじ》か」
と言うと、
「真道一念流勝沢鼎斎《かなえさい》、運が向いた！」
と叫んだ。
「勝沢様、ご運が向いたかどうか」
総兵衛が金剛杖を差しあげた。
駒吉は鉤縄《かぎなわ》を懐から出すと重しにもなる鉤の手を胸前で、
ぐるぐる
と回し始めた。
総兵衛に向かったのは勝沢であり、後詰《ごづめ》に長脇差を提げたままの渡世人が加わった。
残る一人が駒吉の動きを牽制《けんせい》するように懐に突っこんだ左手をそのままに、
ぐいっ
と右肩を駒吉に向けた。

左利《き》きか。

勝沢鼎斎が、
そろり
と豪壮な刀身を抜き放って、両手に捧《ささ》げ持った剣を顔の真上に突き上げ、両の足を広げて立った。

異端の構えだ。

それに対して総兵衛は金剛杖の先を斜め前方に突きだした姿勢だ。

伊香保神社から常夜灯の明かりが五人の戦いをほのかに照らしだしていた。

そして、石段脇《わき》の側溝を勢いよく流れ落ちる湯の響きが聞こえていた。

緊迫の対峙《たいじ》を破ったのは駒吉と向き合う懐手の渡世人の龍次《りゅうじ》だ。

気配もなく駒吉の懐に突っこんできながら左手を襟口から抜き出した。すると匕首が虚空《こくう》に飛んで、右手に持ち変えられようとした。

左利きの龍次は偽装で右手の攻撃が加えられようとした。

駒吉の鉤縄が一直線に、宙を飛ぶ匕首を摑もうとした龍次の右手首に絡《から》み、

「ええいっ！」

という裂帛《れっぱく》の気合とともに縄が捻《ひね》りあげられた。

その瞬間、匕首を摑み損ねた龍次の体が翻筋斗《もんどり》を打って伊香保神社の参道の石畳に叩きつけられて動かなくなった。

それを横目で見た勝沢鼎斎が頭上に突き上げた剣をそのままに総兵衛に突進し、饅頭笠の頂点に向かって容赦なく、振りおろした。

総兵衛が無音の気合とともに金剛杖を斜めに振りあげた。振りあげつつ、勝沢の左手へと回りこんだ。

一直線に突っこんできた勝沢の豪快な唐竹割りと総兵衛の円を描いての振り上げが交差した。

勝沢は総兵衛のゆるやかな動きを見たとき、

「しめた！」

と心の中で快哉《かいさい》を叫んだ。

だが、一見ゆるやかに見えた動きは想像を越えて勝沢の間合いのわずか外へと総兵衛の巨軀《きょく》を逃がし、剣は虚空を切り裂いた。

「しまった！」

その直後、腰下を重い打撃が襲い、大腿骨《だいたいこつ》から股関節《こかんせつ》を打ち砕いて、振り飛ばした。

総兵衛の視線が長脇差の渡世人の動きを牽制した。

「すでに勝負は決したわ。仲間二人を医師に担《かつ》ぎこむ手立てを考えることじゃな」

総兵衛の言葉に渡世人は息を飲んだ。

「駒念坊、参りますかな」

「はっ、はい」

駒吉が竹櫃を手にすると総兵衛ともども石段を下っていった。

総兵衛と駒吉は、ゆったりと朝風呂の中に身を浸していた。肌にまとわりつくように湯がなんとも気持ちいい。

昨夜、豊松の紹介の榛名屋に泊まった。

部屋に通された二人は死んだように眠りこみ、夜明け前に名物の湯に入りに来たのだ。

二人の外には湯治の客もいなかった。朝が早いせいだ。

「総兵衛様、箕之吉さんは伊香保に戻ってこられなかったのでございましょうかな」

「いや、戻っておる」

「ならばどこに」

「そこよ」

と答えた総兵衛は、鉄分を含んだ赤い湯から身を上げた。浴槽の周りに敷かれた檜《ひのき》の床に座った総兵衛が、

「大黒丸の造船から試し乗りにかけての大事な時期に統五郎親方が選んだ船大工が箕之吉だ。職人の腕もさることながら、口も堅ければ人間もしっかりしていたからこそ一番手に推挙されたのだ。江戸からの帰郷の道中、箕之吉はなんぞ感じたのかもしれぬ。そのせいかどうか伊香保に戻ってもすぐには家には戻らず、親父がどうしておるか密《ひそ》かに確かめたのかも知れぬ。そこで親父が元気なことを知った。となれば、なぜこのような仕儀になったか、箕之吉は考えた

のであろう」

「箕之吉さんは伊香保近くに潜んでおいでですか」

「実家を見張る勝沢らのことも気づいた上でどこぞに身を潜めていると思える」

「となれば豊松さん一家はどこに箕之吉さんが潜んでいるか承知なのでございましょうな」

「知っておるとみた」

「なぜ江戸に戻られませぬので」

「はっきりはせぬ。だが、われら鳶沢一族の秘密に触れ、それを守ろうとしておるかも知れぬ」

「賢明な船大工にございますすな」

「駒吉、そなたよりも早く異国を知った男だぞ、慎重な生き方を身に叩きこんだと思えるな」

駒吉が頷《うなず》いた。

二人が部屋に戻ったとき、朝餉《あさげ》が部屋に運ばれてきた。湯治宿で部屋出しなどまず珍しい。

二人が訝《いぶか》しんで小女を見た。

なんと膳《ぜん》を運んできたのは見知った顔だった。

「そなたは」

「はい。箕之吉の妹、おさんです」

「榛名屋に奉公かな」

「いえ、違います」

おひつのご飯を装《よそ》おうとしながら、

「この旅籠《はたご》に頼んでこちらに伺いました」

「兄《あに》さんのことじゃな」

「はい。兄さから大黒屋様のことは聞かされて知っておりました」

「やはり、箕之吉さんは伊香保に戻っておられたか」

「はい。ですが、お父つぁんもおっ母さんも婆様《ばば》も知んねえです」

「そなただけが箕之吉さんに会ったといわれるか」

おさんが頷き、総兵衛が、

「朝餉はあとにして、まず話を伺いましょうかな」

と姿勢を正し、おさんが給仕を中断した。

「私が兄さと会ったのは三日も前のことでした。仕事帰りに伊香保神社の境内を抜けようとすると、おこもさんが私の手を引っ張りました……」

おさんが叫ぼうとすると、

「おさん、おれだ。兄さの箕之吉だ」

「あんれ、兄さ、奉公先をしくじっただか」

「いいや、そうじゃねえ。これには理由《わけ》があるだ、おさん」

「まるでおこもさんでねえか。わけとは何だ」

箕之吉は伊香保神社の床の下に何日も住み暮らしていると言うと、おさんを神社の裏手に連れていった。裏山に通じる神社裏は箕之吉たちの遊び場で、どこも承知していた。

「何日も前にお父つぁんが大怪我をして死ぬの生きるのという目に遭っている、

生きている間に一目会いたいという手紙をもらってよ。親方に許しを貰《もら》い、伊香保に戻ってきただ」

「お父つぁんは元気だぞ、怪我《けが》なんぞしてねえ」

「それはもう承知だ」

兄と妹は顔を見合わせた。

「一体全体どうしたことだべ」

おさんが訝しげに呟《つぶや》き、

「湯元屋に怪しげな侍たちが泊まっておるな」

おさんが思わずぎょっとして身構えた。

「やっぱり兄さを待ち受けているだか」

おさんは土地の者から、侍たちが箕之吉の行方を探していると何度か聞かされていた。

「おさん、江戸を出たとき、おれは父つぁんが怪我をしたと信じ切っていただ。だがよ、戸田川の渡し舟に乗ったあたりから、体がぞくぞくするようでさ、だれぞに見張られていると感じるようになったんだ」

「兄さを狙《ねら》っても大した銭は持ってめえ」

「懐の銭じゃねえ」

「ならばなんだ」

箕之吉はしばらく考えこんだ。

「どうした、兄さ」

「おさん、おめえだけの胸の中に仕舞えるか。こりゃあ、冗談ごとじゃねえ。うちの家族の命に関わることだ」

おさんは箕之吉をじっと見詰めた。

八つと年の離れた兄は子供の頃から手先が器用で慎重な性分だった。だからこそ父親の親方が、

「箕之を田舎大工に終わらせちゃならねえ。宮大工か船大工になれる男だぞ」

と言って、箕之吉の考えを聞いた後、手蔓《てづる》を頼って江戸の竹町河岸の統五郎親方に弟子入りさせたのだ。

「兄さが話すなといえば話さねえ」

「おれが伊香保に誘いだされたには、大黒屋さんの大船を造り、それに乗った

ことに関わりがある」

「船を造ってわるいだか」

「大黒屋さんは江戸一番の古着問屋で惣代《そうだい》を務められた立派な商人だ。その主が考えたことだ、船大工風情《ふぜい》に分かるこっちゃあねえ。だが、推量はつく。おれを誘いだした連中は、大黒屋さんがなされていることが気にかかる連中だ」

「分からねえな」

「おさん、分からなくていい。ここは兄さの言うことを信じろ」

「最初から信じておるだ」

「大黒屋さんのやられている商いは途方もねえことだ。兄さは船大工として大黒丸に乗ってそのことを承知しておる。おれはいつまでもあの船に乗っていたかったぞ、おさん」

「…………」

「おれがやつらの影を見届けたのは蕨宿を出たあたりだ。おれのあとを数人の浪人者が尾《つ》けていた。おれが急げばやつらも足を早め、おれが飯屋に入れば、別の茶屋に入っておれが動きだすのを待っていた。おれは、とろとろと歩いて大宮宿で夕暮れになるように見計らって、一軒の旅籠に入った。だがな、足を洗う振りして裏手の井戸端に向かい、裏口から外に出たんだ。野郎たちの慌《あわ》て振りをおれは存分に暗がりから見物させてもらったあと、夜道をかけて伊香保村に辿《たど》りついた」

箕之吉は故郷の村に戻りついてもすぐには家に姿を見せなかった。

伊香保神社の床下に眠りながら、実家の様子を慎重に見張っていた。すると怪我をしたはずの親父《おやじ》の豊松が大工道具を担いで仕事に出る姿やおっ母や婆様や妹が家事をしたり、内職したりする光景も見届けた。

その上、実家に近い湯治宿の湯元屋に江戸からきたらしい侍たちが長逗留《とうりゅう》していた。湯治にしては無粋《ぶすい》な連中で、二階の部屋から実家を窺《うかが》う様子があった。

「おれが旅の最中に不審に気づいたは、確かなことだと思ったねえ。大黒屋さんの船に乗ったおれを誘いだした理由は一つだ。大黒丸のことが知りたいか、大黒屋さんの商いが知りたいか、おれから聞きだそうという算段だ。そこでおれはあやつらが諦《あきら》めて伊香保を去るのを気長に待っていたんだ」

「侍たちは江戸に戻ったぞ」

「おおっ、四人はな。おれがあまりにも伊香保に姿を見せないんで、江戸の大将にお伺いを立てに戻ったのよ」

「兄さ、これからどうする」

「このまま江戸に戻ってもまたやつらに付け狙われるのは明らかなことだ」

「親方に話して大黒屋さんに相談したらどうだ」

「それも考えた」

と箕之吉は、しばし沈黙して考えを改めた。

「おりゃ、大黒丸に知らせようかと思う」

「なにを知らせるだ」

「おさん、そいつは妹のおまえにも秘密だ。いいや、知っていいことはねえ」

と箕之吉は言い切った。

「大黒丸は江戸におるだか」

「いや、江戸を離れて大海原を走っていよう」

「兄さ、馬鹿《ばか》を言うでねえぞ。大海原をいく船にどうして会えるだ」

「おさん、大黒丸がいくら大きいといっても、湊《みなと》には停まらねばならんぞ」

「兄さは、湊々を探すというか」

「見当はついておる」

と言った箕之吉は、懐《ふところ》から布包みを出すと、

「これは親方からいただいた見舞金だ。それにおさん、おめえに土産だ」

と三両の金子と銀の髪飾りを二本、取り出した。髪飾りは明らかに異国のものと知れた。とすると箕之吉の用心振りもおさんにはなんとなく察しがつくような気がした。

箕之吉は金子と髪飾りを一本、おさんの手に押しつけると残った一本を布に丁寧に包み直した。

「兄さ、これは」

「主船頭の忠太郎様に許しを得て買ったものだ」

頷いたおさんは、

「兄さ、路用の金はあるだか」

「心配いらねえ」

と答えた箕之吉は、

「おさん、まだお桃《もも》さんは草津の旅籠に奉公か」

「あい、なんでもお桃さんは旅籠の主《あるじ》に乞《こ》われて養女になるとかならないとかそんな噂《うわさ》だ」

「お桃さんに会っていきてえ」

と箕之吉は言うと、

「くれぐれもお父つぁんやおっ母さんに言っちゃなんねえぞ。話せばうちに危難が及ぶ」

「分かった」

「兄さは一昨日、伊香保を去って草津に向かいました」

とおさんが話を締め括《くく》り、懐から異国の髪飾りを出すと総兵衛に見せた。

「ほう、銀の髪飾りにございますな。いいものだ、おさんさん、大事になされ」

「私が貰っていいだか」

「兄さんの土産だ。なんの遠慮がいるものか」

と笑いかけた総兵衛が、

「お桃さんとは箕之吉さんが好きな娘さんかな」

「はい、幼馴染《おさななじみ》で兄さとお桃さんは小さいときから所帯を持つと約束してきたのです。ですが、兄さは江戸に、お桃さんも遠い縁戚《えんせき》の草津の旅籠に奉公に出て、この数年、会ってないのです」

「お桃さんの旅籠の名は分からぬか」

「なんでも湯畑《ゆばたけ》のすぐ前の古い湯治宿とか、名前までは知りませぬ」

総兵衛が腕組みすると考えこんだ。

「おさんさん、用心のためにおまえさんの家族も当分、伊香保を離れた方がよさそうだ。どこぞ、知り合いはないか」

おさんが考えこんだ。

総兵衛が駒吉に、

「朝餉を食したら草津に急ぐことになりましたぞ」

「はい、総雪禅師様」

と駒吉が畏《かしこ》まった。

# 第二章　追跡

## 一

榛名山《はるなさん》にはまだ積雪はないと聞いてきた。

確かに白いものは積もっていなかったが、およそ四千六百尺（一三九一メートル）の榛名富士の峰から吹き降ろす寒風は、僧衣の総兵衛と駒吉を悩ませた。

二人は草津への街道を目指して健脚を頼みに強引に榛名湖の北岸を回り、掃部《かもん》ヶ岳《だけ》の山裾《やますそ》を辿《たど》って北上した。

伊香保を出たのが六つ半（午前七時頃）の刻限、野宿も覚悟したが超人的な総兵衛と駒吉の体力が山道八里（約三二キロ）余りを走破させ、最後は提灯《ちょうちん》の明かりを点《とも》しながらも渋川から吾妻《あがつま》川沿いに中之条、川原畑、六合《くに》村、草津と抜ける街道に出ていた。

ふうっ
と総兵衛が重い息を吐《つ》いた。

「なかなかの山行にございましたな」

汗みどろの駒吉もほっと安堵《あんど》の声を上げた。

「どこぞで一夜の宿を頼もうか」

すでに街道を往来する人の姿はなかった。

仕方なしに二人は重い足を引きずるように街道を進んだ。

数丁も行った辺りか、右手の山から明かりが下りてきた。どうやら山仕事から戻る杣人《そまびと》のようだ。

「ちょいとお尋ね申します」

駒吉が馬を引いた男を待ち受けて声をかけた。

相手も駒吉の提灯が止まっているのを承知していた。

「坊さん方、道に迷うたか」

「いえ、先を急ぐ余りつい旅籠《はたご》を通り過ぎましてございます。どこぞに一夜の宿を願うところをご存じございませぬか」

「宿か、川原湯までいかんとないぞ。ちとつらいのう」

と答えた杣人は、

「まともに食うものとてねえがうちにくるか。野宿するよりもなんぼかよかろう」

と誘ってくれた。

「助かりました」

駒吉と総兵衛は腰を折って礼を述べると男に従った。

男の家は矢倉の里の街道を外れた畑の中にあるようで、滔々《とうとう》と瀬をかむ吾妻川の水音が響いてきた。

「おっ母、宿を探しあぐねた坊様二人を手捕りにしてきたぞ。なんぞ口に入るもんはねえか」

と乱暴な言葉をかけた男は馬の世話を始めた。

総兵衛と駒吉は吾妻川に流れこむ小川で肌脱ぎになって汗みどろの体をすみ

ずみまで洗い、さっぱりとした。

家に入ると囲炉裏端《いろりばた》に子供三人が父親の帰りを待っているのが見えた。そして、この家の女房が鉄鍋《てつなべ》を台所から運び、囲炉裏の自在鉤《じざいかぎ》にかけようとしていた。

亭主の夕餉《ゆうげ》のために用意していたものだろうか。

「夜分、相すまぬことにございます。ご亭主の親切に救われましてございます」

と総兵衛が挨拶《あいさつ》し、奉書に包んだ一分金を、

「旅籠代にございます、お受け取りを」

と差しだした。

「坊様から銭を受け取ることはできめえよ」

裏口から土間に入ってきた亭主が言った。

「いえ、世の中相身互い、われら二人、寒さに震えるところをお助けいただいたのでございます。仏の気持ちと思うてお納めくだされ」

というと亭主が、

「坊様、うちには般若湯《はんにゃとう》はねえが濁り酒はあるだ。修行の邪魔かのう」

「なんの御仏《みほとけ》のお心は広大無辺にございますよ」

「ならば、雑炊が煮上がるまで青菜漬けで一杯やろうかのう」

と甕《かめ》を抱えてきた。

子供三人がぎょろぎょろとした眼で見詰める中、総兵衛たちは縁の欠けた茶《ちゃ》碗《わん》で亭主手造りの濁り酒を飲んだ。

酔いが回れば、山家の囲炉裏端も金殿玉楼もすべて等しい。

総兵衛と駒吉は三杯の濁り酒に雑炊を馳走《ちそう》になって、囲炉裏端に手枕《てまくら》で眠りに就いた。


翌日の夕暮れ、総兵衛と駒吉の姿は草津の湯煙を見通す最後の坂にあって、一息ついていた。

草津温泉は白根火山の麓《ふもと》、三千九百余尺の高地にあって室町の古《いにしえ》から湯治の里として知られてきたところだ。

「箕之吉さんはお桃さんと会えましたかな」

「そのために来たのだ。万難を排しても会わずにはおれまい」

「総兵衛様、さすがに統五郎親方が推挙された船大工にございますな。なかなか手抜かりはございませぬ」

「箕之吉は大黒丸が幕府の禁に触れることを承知で船に乗り組んだ男だ。その上、三浦三崎城ヶ島沖の海戦も経験しておるわ。この世が徳川幕府の治める国だけでないことを目の当《ま》たりにした男でもある。大黒丸を下りたあとも用心深く立ちまわってくれておるな」

「さてな」

「その箕之吉さんは大黒丸になにを告げ知らせようというのでしょうか」

総兵衛にも思案の外《ほか》のことだった。

「参りましょうか」

「うーむ」

二人の僧侶《そうりょ》は下り坂を飛ぶような大股《おおまた》で歩き下り、草津の中心の湯畑《ゆばたけ》に出た。

「なんとまあ壮観にございます」

駒吉が驚きの声を上げたほど、常夜灯に照らしだされた湯畑は横十二間（約二二メートル）、縦四十間（約七二メートル）と広いもので、そこから豊かな源泉が湧《わ》き出して何本もの木樋《きどい》を伝って熱湯が流れ、急激に空気に冷やされて白い煙を上げていた。

「草津の名は大般若経の〝南方有名是草津湯〟に由来するとか、この温泉の匂《にお》いが、くさうづというので草津に訛《なま》ったとか言われているそうな。これまで耳にはしてきたが見るのは初めてじゃ」

総兵衛も嘆息した。

「なかなか古い湯治場にございますな」

「嘘《うそ》か真《まこと》か、源頼朝様も入られたそうだ」

湯畑の周辺には湯治宿が軒を連ね、その一軒一軒が伊香保と比べても大きな旅籠だった。さすがに日本一の湯として知られた草津だ。

それだけに夕餉の前の湯めぐりをする沢山の湯治客があって、山中の湯治場はなかなか賑《にぎ》わいを見せていた。

「総兵衛様、ちとお待ちくだされ。お桃さんのおられる宿を訊《き》いてまいります」

駒吉が竹櫃《たけびつ》をかたかたと鳴らして手近な旅籠に走っていった。

櫃の中身の半分は豊松のところへの手土産の古着が占めていた。四枚の古着が櫃からなくなり、その分、余裕ができていたのだ。

「分かりましたぞ」

駒吉が戻ってきた。

湯畑の滝下にあたる湯治宿薬師屋がお桃のいる宿だという。

「駒吉、宿に空きがあれば薬師屋に世話になろうか」

「はい」

駒吉が湯畑の縁を走って薬師屋に走っていった。

総兵衛は悠然と滝下に向かった。

湯畑下の薬師屋は総二階の構えであった。

「和尚《おしょう》様、運がよいことに部屋がございました」

土間から駒念坊が声をかけてきた。

「世話になります」

総兵衛の総雪禅師が玄関に入り、迎えた番頭に合掌した。

「ささっ、お坊さん、部屋に上がられてな、名物の湯に浸《つ》かりなさいな。長生きしますぞ」

二人は二階の部屋に通ると荷を降ろして、手拭《てぬぐい》をぶら提げ、再び湯畑に出た。

二人は共同湯の一つの薬師の湯の戸を潜った。

夕餉前の湯めぐりの刻限は過ぎたのか、老人が一人湯船に浸かっているだけだ。湯治客ではなく土地の人間のようだ。

「お邪魔しますよ」

老人は耳が遠いのか、なにも答えない。

かかり湯をした総兵衛と駒吉が湯に入ると熱めの湯が、
ざざっ
と湯船の外に豪快にこぼれた。

「なんとも気持ちいいな」

「さすがに日本一の湯でございますな」

二人は僧侶に扮《ふん》していることも忘れて、大黒屋の主《あるじ》と奉公人に戻り、言い合った。

老人が湯から上がり、湯船は二人だけになった。

「総兵衛様、背中を流しましょう」

「頼もうか」

駒吉は総兵衛の背中を手拭で何度もこすって汗と垢《あか》を流し、総兵衛は、

「極楽極楽」

と満足の声を上げた。

薬師屋に戻るとすでに夕餉が始まっていた。

一階の板の間に集まって酒を飲み、飯を掻《か》きこむ男女は長逗留《とうりゅう》の自炊組とは異なる湯治客のようだ。自炊組は別棟なのだろう。

膳《ぜん》を運ぶ女たちの中にお桃と思える若い娘はいなかった。

「お坊さんよ、おめえ方の席はこっちだ」

女がさしたのは囲炉裏端だ。

駒吉が女に酒を頼んだ。

「なにっ、坊さんも酒が好きか」

「こればかりは止《や》められませぬのじゃあ」

「破戒坊主《ぼうず》じゃのう」

と言いながらも大徳利に酒を運んできた。

「なによりなにより」

湯から上がった後の酒はなんとも美味《うま》かった。

酒を運んできた女に、

「こちらに伊香保から来たお桃さんが奉公しておられると聞いてきましたがな」

「お桃ちゃんを承知か」

「われらは伊香保からきた者でな、あとでお桃さんにお目にかかりたいと思うてます」

「坊さんがお桃ちゃんにな」

訝《いぶか》しい顔をしながらも女が二人の前から下がった。

総兵衛らが酒を飲み、塩漬けの魚と山菜を菜にした夕餉を終えたとき、主と思《おぼ》しき男が二人の前にきた。すでに板の間では夕餉が終わり、客たちは部屋に引きあげていた。

「お坊様方は伊香保から見えられたそうじゃな」

男の口調には不審な様子があった。

「いかにも」

「うちのお桃にどのような用事ですかな」

「主どのか」

「はい、薬師屋の広右衛門《こうえもん》にございます」

「広右衛門様、正直申しますとお桃さんには用事がございませぬ。お桃さんを訪ねてきた人物に会いたいと江戸から旅してきたものにございます」

広右衛門の顔色が変わった。

「一体、箕之吉はなにをやらかしたのでございますな」

問いの声が険しくなった。

総兵衛は囲炉裏端には三人しかいないことを確かめ、正直に話すべきだと腹を括《くく》った。

「薬師屋さん、私どもは僧侶に身を窶《やつ》しておりますが、偽《にせ》の坊主にございます。私は江戸富沢町で古着商をいたす大黒屋総兵衛、ここにおるは手代の駒吉にございます」

「江戸で名代の豪商、富沢町の大黒屋さんの旦那《だんな》がまたなんでお坊さんの姿に」

「ちとわけがございますのじゃ。ですがな、決して箕之吉さんがなにかをやらかしたどいうことではございませぬ。それどころか大黒屋のために命を狙《ねら》われる羽目に陥っておられる。そこで私どもも一刻も早く箕之吉さんに会って、身の安全をはかりたいのでございます」

ふーうっ
と広右衛門が吐息を吐《つ》いた。

「こちらに箕之吉さんは参られましたので」

「それが」

と広右衛門が言い淀《よど》んだ。

「お桃さんは草津におられぬのか」

広右衛門は短く瞑目《めいもく》するとなにかを決心したように念を押した。

「お手前方は確かに富沢町の大黒屋さん主従にございますな」

「薬師屋さん、お疑いはごもっともですが、私が六代目大黒屋総兵衛に間違いございませぬ」

総兵衛の目配せに駒吉が座を立つと部屋に戻り、総兵衛の身分を示す書付を持ってきて、広右衛門に見せた。それは富沢町古着屋の身分を江戸町奉行所が認め記した旅手形だった。

仔細《しさい》に検《あらた》めた広右衛門が、

「大黒屋さん、お桃は昨日より姿を消しておるのでございます」

「箕之吉さんと一緒にございますか」

「おそらくは」

広右衛門は溜《た》め息《いき》をついた。

「事情をお聞かせ願えませぬかな」

「事情もなにも。箕之吉さんが突然草津に姿を見せたことがお桃の動揺の因《もと》にございますよ」

「薬師屋さんではお桃さんを養女にという話も持ちあがっていたとか」

「うちには子供がおりませぬのでな、女房の兄さんの三女のお桃がうちに養女に入ってくれれば、婿《むこ》をとってこの薬師屋を継がせる考えにございました。むろんお桃の父親もおっ母さんも承知のことにございますよ」

「お桃さんの考えはどうなのです」

「それが……」

と広右衛門は困惑の顔を見せた。

「お桃は、江戸に船大工の修業に出た箕之吉と所帯を持つのは子供の頃から決めていたこと、箕之吉さんが迎えに来るのを待ちます、の一点張りでございますよ」

と言った広右衛門が、

「大黒屋さん、箕之吉は船大工としては一人前にございますか」

と訊いてきた。

「親方の統五郎さんの自慢の弟子ですよ」

総兵衛は大型帆船大黒丸の建造前から長崎に勉強に行き、実際に建造に携わり、さらには最初の航海にも同乗したことなど、差し障《さわ》りのないところを説明して聞かせた。

「統五郎親方の下には数多《あまた》の弟子がおられますがな、一番手に選ばれてうちの大黒丸に乗船を許されたことでも箕之吉さんの腕前は知れようというものです」

「これは困った」

広右衛門は頭を抱えた。

「箕之吉さんが草津に来られたのはいつのことですな」

「一昨日の夕暮れ、お桃は買い物に出て、湯畑で箕之吉に会ったと申しておりました。光泉寺の境内で一刻《とき》(二時間)余り話しこんだようで、そのことは私どもに話してくれました」

「箕之吉さんはこちらには泊まらなかったのでございますか」

「お桃も勧めたようですが、薬師屋さんに泊まるような身分じゃないと申しまして安直な湯治宿に泊まったそうです」

「お桃さんが姿を消されたと申されましたな」

「昨日の朝も箕之吉と話し合ったようで、昼前に一旦《いったん》戻ってきて、その後、姿を消したのでございます。私どもは手分けして箕之吉が泊まっていた新田町の湯治宿を見つけましたが、すでに発《た》ったあとにございました」

広右衛門は舌打ちした。

「お桃さんはなにも言い残してはいかれなかったので」

「手紙が残されておりました」

「それにはなんと」

「三日だけ仕事を休ませてくれ。必ず戻ってくるからと書き残されておりました」

「行き先は」

「書いてございません」

「広右衛門様、お桃さんの手紙をどう思われますな」

「お桃が三日後には戻ってくると言う以上、必ずここへ帰ってくると思います。一旦口にしたことは必ず守る娘なんでございますよ。ですが……」

広右衛門は断言するとその先の言葉を口に濁した。

所帯を持つと幼き頃から言い合ってきた若い男女が三日間旅をするというのだ。

薬師屋広右衛門らがお桃を養女にして婿養子を迎え、薬師屋を継がせるという話が消えたことにならないか、そんな憂慮《ゆうりょ》が広右衛門の顔にはあった。

「ともあれ、明日の夕方か明後日までにはお桃さんが戻ってこられると」

「私は信じております」

と広右衛門は言い切った。

「薬師屋さん、われらもお桃さんの帰りをこちらで待たせていただきましょう」

総兵衛は当てもなく走りまわるより、お桃の帰りを待って箕之吉がどこへ行ったか聞きだすのが最善の方策と薬師屋滞在を決めた。

二

総兵衛と駒吉は、翌日、湯めぐりをしつつお桃の帰りを待った。

持て余す暇に総兵衛は富沢町の店の大番頭笠蔵に宛《あ》てて、江戸を出て以来の経緯を克明に記した手紙を書き上げて飛脚に託していた。その中で伊香保からの道中、考えてきた大胆な推量を記していた。

この日、何軒目の湯か。

駒吉が湯の中で、

「総兵衛様、湯疲れするというのはほんとうのことにございますな」

と苦笑いした。

「たまさかのんびりするのもよいかと考えたが体も心もふやけるな」

「お桃さんは戻ってきましょうか。子供のときから所帯をもつと決めた箕之吉と旅をしているのでございますよ」

うーむ

と応じた総兵衛が、

「箕之吉は大黒丸をどこぞで捉《とら》えることができると考えているようじゃ。お桃と箕之吉がなにを話し合って一緒の旅を始めたかしらぬが、危険な道中だぞ。また女連れは関所を通り抜けるのも厄介だ。となるとお桃の手紙どおりに三日ほどの旅で草津に戻ってくると踏んだ」

「となりますと箕之吉の行動にございますな、大海原を走る大黒丸にどのようにして連絡をつけようというのか」

総兵衛はそれには答えず、

「お桃がなんぞ聞き知っておればよいが」

と応じた。

「駒吉、何年分も湯に浸《つ》かったようだ」

「上がりましょうか」

二人は湯から上がると湯畑に出た。

今日も湧出《ゆうしゅつ》する硫化水素を含んだ高温の湯を木の樋《とい》で外気に晒《さら》して、熱を下げて各湯に送りこんでいた。急激に冷まされた湯から白い煙がもうもうと立ち上っているのはいつもと変わらぬ光景だ。

「さてさてどうしたものか」

総兵衛もお桃の帰りを待つことに一日で飽きていた。

「総兵衛様、お桃さんが今日も戻られぬようなれば、明日から朝稽古《げいこ》など始めますか」

「そうするしか時を過ごす途《みち》はないか」

総兵衛もそう考えた。

翌未明、総兵衛、駒吉主従は光泉寺の境内にあって、総兵衛は金剛杖《こんごうづえ》を、駒吉は旅籠《はたご》で都合した四尺ほどの棒切れを手に稽古を始めていた。

総兵衛は独創の剣、落花流水剣をゆったりとした動きで使い、駒吉は鳶沢《とびさわ》一族伝来の戦国剣法、祖伝夢想流の基本の動きを丁寧になぞっていた。

稽古を始めて一刻、二人は阿吽《あうん》の呼吸で動きを止め、流れる汗を拭《ぬぐ》った。

「駒吉、形稽古をするか。おれが仕太刀に回る」

「私めが総兵衛様を打ちこむ打太刀にございますか」

古武道においては形稽古を重視した。刃引きした刀か木刀を使い、打ち込み役の打太刀と受け役の仕太刀に分かれて形稽古をなした。

総兵衛は駒吉と形稽古を行おうとしていた。

駒吉の顔に新たな緊張が漂い、二人は一間半（約二・七メートル）の間合いで対峙《たいじ》した。

金剛杖と棒切れ、受けどころが悪ければ肉を裂き、骨を折る。

「お願いいたします」

「遠慮のう参れ」

主従は一瞬の隙《すき》も命取りになりかねない形稽古に入った。

駒吉が棒切れを上段から総兵衛の肩口に落とす。それを金剛杖が払い、駒吉の棒は、小手に、胴に、面にと変化しつつ繰りだされた。

総兵衛はそのことごとくを払いつつ、駒吉が存分な攻撃を与えられる間合いを作りつづけた。

形稽古に没頭すること半刻（一時間）、打太刀の駒吉がふらついてきた。

が、総兵衛から、

「止《や》め！」

の声はかからなかった。

駒吉は途切れそうになる集中力と体力を必死で搾《しぼ》り出しつつ、巨壁に挑みつづけた。

ふいに総兵衛が間合いを取った。

「駒、だれぞわれらがことを覗《のぞ》くものがおるわ」

総兵衛の息は平静を保っていた。

荒い息の下で駒吉が境内を見まわした。だが、眩《くら》んだ目にはなにも映じなかった。

「駒吉、分からぬか」

「はっ、はあ」

駒吉が不確かな返事をしたとき、本堂の陰から四人の影が現れた。

大老格にして甲府藩十五万石の藩主柳沢吉保が家臣の植木三之丞、剣客岡部六郎太常松、その門弟の田野倉権八、興津悦次郎の四人だ。

植木は甲府の城勤めから江戸藩邸勤番に代わったばかりだった。

「江戸は富沢町の大黒屋総兵衛だな」

若い侍が夜露に濡《ぬ》れた一文字笠《いちもんじがさ》を脱ぎながら訊《き》いた。

「いかにも大黒屋総兵衛にございますがそなた様は」

「植木三之丞とだけ名乗っておこう」

総兵衛の問いに若い武家がそう応じた。

「道三河岸《どうさんがし》の関わりにございますか」

総兵衛がそういうといかつい体付きの剣客を見た。

「岡部六郎太常松である」

「なんの御用にございますか」

「船大工箕之吉をどこにやった」

「箕之吉さんになんの御用にございますな」

「古着屋風情《ふぜい》が知ることではないわ」

「はてはて道三河岸は、何度同じ失敗を繰り返されれば気がすまれるのでございますな」

総兵衛が嘆息した。

「此度《こたび》は大黒屋総兵衛の首根っこを押さえた」

植木が誇らしげに言うと本堂の影に合図を送った。すると両手を縄で縛られたおさんが渡世人の川場《かわば》の久吉《ひさきち》に縄尻《なわじり》を捕まえられて姿を見せた。

どうやら夜道を伊香保から草津へ運ばれてきたようで、おさんの顔に疲れと恐怖があった。

「総兵衛様、言いつけに背き、買い物に伊香保に出て、この方々に捕まりましたよう！」

泣きそうな声でおさんが叫んだ。

「おさん、お父つぁん、おっ母さんは無事じゃな」

「はい。総兵衛様に命じられたとおりに総兵衛様方の行き先を最初に洩《も》らしましたゆえに、私だけが草津まで連れてこられました」

「さぞ怖かったであろう。今、自由にするでな」

総兵衛がおさんに言いかけると、縄尻を摑《つか》んだ渡世人の久吉が、

「勝沢鼎斎さんと龍次の敵《かたき》、草津で討たせてもらうぜ」

と片手で匕首《あいくち》を抜くと、おさんの首筋にあてた。縄目はもう一方の手にしっかりと握られていた。

「大老格におられる柳沢様の家臣が娘を虜《とりこ》にして、大黒屋総兵衛一人を殺そうとなさるか。武士なれば武士のやり口もあろうものを」

と冷笑する総兵衛に岡部六郎太が、

「その方の大言壮語、岡部が叩《たた》き潰《つぶ》す」

と叫んだ。

「岡部の旦那《だんな》、そやつの手に乗っちゃならねえ！」

「久吉、渡世人の分際で差し出がましいわ、控えておれ！」

岡部六郎太は、総兵衛が金剛杖しか持ち合わせのないことを見て、悠然と総兵衛の前に立った。

「私と尋常の勝負をなさろうというので」

「それが望みであろうが」

「久吉の言うことを聞いた方が利口だがな」

総兵衛の口調が変わり、金剛杖が斜めに構えられた。

それに吊《つ》られたように岡部六郎太が剣を抜いた。

駒吉は総兵衛の大きな体に隠れるように位置を変えた。

そこだけが久吉の目から視界を塞《ふさ》がれていた。

駒吉の手が懐《ふところ》に差しこまれ、鉤縄《かぎなわ》を掴んだ。

岡部が剣を担《かつ》ぐように上段に突き上げた。

総兵衛の金剛杖は動かない。

それを見た岡部の動きが止まった。

「臆《おく》したか、岡部六郎太常松」

総兵衛の誘いかけに岡部が怒濤《どとう》のように突進してきた。
その場にある者の目が岡部の突進と総兵衛の受けに集中した。
駒吉は、その瞬間、懐から鉤縄を出すと総兵衛の陰から、
そろり
と横へ移動して、手鉤を一直線に川場の久吉がおさんの首筋にあてた匕首の
手首へ、
びゅっ
と投げた。するすると生き物のように伸びた鉤縄が手首に見事に絡《から》んだ。
久吉がおさんを縛った縄の端を捨て、絡んだ鉤の手を外そうとした。
駒吉はくるりと後ろ向きになると自らの肩に縄を担いで大きく前転した。
縄が一気に、
ぴーん
と張り、川場の久吉が、
あっ！
という悲鳴とともに駒吉の派手な前転につられて転がった。

駒吉は縄を担いだまま両足で立つともう一度縄を引っ張った。必死で起きあがろうとした久吉がまた転んだ。

駒吉は久吉に走り寄ると、首に縄を絡めて一気に締め落とした。

一瞬の早業、綾縄《あやなわ》小僧の面目躍如だ。

「おさんさん、もはや大丈夫だよ」

駒吉はおさんの下に駆け寄り、懐から出した小刀で縄目を切った。

植木三之丞は総兵衛と岡部の戦いに気をとられ、二人の門弟は岡部の後詰めで手一杯の間の仕事だった。

岡部六郎太の上段からの斬《き》り下げを金剛杖で弾《はじ》いた総兵衛は、優美にも弧を描きつつ、舞でも舞うように岡部の横手に回っていた。

その総兵衛へ岡部が車輪に回した抜き胴を送りこんできた。

総兵衛の金剛杖が剣の動きを抑えるように真上から落とされて、柄《つか》を保持する両の拳《こぶし》を、
ぱちん
と叩いた。

一瞬、岡部六郎太の手に激痛が走り、痺《しび》れて、剣を取り落としそうになった。

だが、そこは剣術家、なんとか踏み堪《こら》えた。

師匠の危機を見た田野倉権八が総兵衛の横手から八双の剣を叩きつけるように落としながら突っこんできた。

十分な踏み込みで田野倉は、

（しめた！）

と総兵衛を仕留めたことを確信した。

その瞬間、総兵衛の大きな体が微風のように舞い動き、田野倉の刃風を寸余にかわした。

（失敗《しくじ》ったか）

とかたわらを走り抜けようとした田野倉の足に総兵衛の足が絡まり、前のめりに倒すと金剛杖が田野倉の脳天に叩きこまれた。

ぐえっ！

田野倉の絶命の声などすでに総兵衛は気にかけていなかった。

ようよう剣を握り直した岡部六郎太に再び注意を向けていた。

岡部もまた捨て身の攻撃に転じようと覚悟を決めて、柄頭を右脇《わき》に挟みこむように固めて、痺れが残る両手に柄を保持して総兵衛の巨軀《きょく》に突っこんでいった。

「肉を斬らして骨を截《た》つ」

戦法だ。

だが、その前に金剛杖が大きな円を描いて、突きの構えで突っこんできた岡部の横鬢《びん》を殴りつけた。

くたくた

と岡部六郎太の体が揺れて、

すとん

と腰から転がり、痙攣《けいれん》を始めた。

若い植木三之丞は呆然《ぼうぜん》として言葉もない。

もう一人の剣術家興津悦次郎はそれでも剣を構え直した。

「上州草津の地に屍《しかばね》を晒《さら》すこともあるまい」

総兵衛の言葉に、

　ううーん
　と唸《うな》り声を上げた。

「植木三之丞と申したか、道三河岸の主殿《あるじ》に伝えよ。これ以上、無駄な戦いをやめよとな。主殿に御奉公があるようにわれら大黒屋総兵衛と一族にも御用がある。そのことをとくと考えよと申すのだ。相分かったか」

　植木三之丞ががくがくと頷《うなず》いた。

「おさん、苦労をかけたな」

おさんは眼前で凄《すさ》まじい戦いを見せられて、兄の箕之吉が、

「大黒屋さんというのはただの商人じゃねえ。肝っ玉の据わった奉公人を率いられる御大将だ」

　と言った言葉を思い出していた。

総兵衛と駒吉に守られたおさんの三人が光泉寺の境内を去り、植木と興津は呆然と顔を見合わせた。

　その様子を本堂の屋根の一角から眺めていた白髪の孺造が、

「困った侍方だぜ」

と呟《つぶや》くと屋根から飛びおりた。

薬師屋におさんを伴って戻った総兵衛と駒吉は、おさんに怪我《けが》などないことを確かめると宿の内湯に浸《つ》からせて、汗と埃《ほこり》を流させた。

「伊香保の湯とはまた違う湯だ」

顔を火照《ほて》らせたおさんが旅籠が用意した浴衣《ゆかた》に着替えて、部屋に戻ってきた。

駒吉が命じて、朝餉《あさげ》の膳《ぜん》を部屋に三つ運ばせていた。

「総兵衛様、兄さとは会えなかっただか」

おさんが気がかりなことを訊いた。

「未《いま》だ会えずにおる」

「どこに行っただか。それにお桃さんはどうなっただか」

「おさん、この湯治宿がお桃の奉公する家だ」

「ほう、ここがな」

「箕之吉はお桃と出会い、二人は一緒に草津を出たそうな」

「二人でどこに行っただか」

「それが分からぬで、われらはこの宿にお桃の帰りを待っておるところだ」

「お桃さんはこの家に戻ってこられぬか」

「三日だけ仕事を休ませてくれと置手紙を残しておる。箕之吉もお桃を伴い、長旅をする気はあるまい。お桃に苦労を強《し》いるだけだからな」

総兵衛の説明にようやく納得したおさんが、

「総兵衛様よう、伊香保でお父つぁんが心配してよう」

とそのことに思いを巡らせた。

「よし、朝餉が済んだらおさん、お父つぁんに手紙を書け。私も添え書きする。そいつを飛脚に託せば、今晩にも届こうぞ」

「はっ、はい」

急に元気になったおさんが箸《はし》を取った。

朝餉の後、総兵衛は笠蔵に宛《あ》てた草津から二通目の書状を、おさんは父親に宛てて手紙を書いた。

さらに総兵衛は、おさんの手紙に箕之吉の行動は大黒屋を心配してのことであったと添え書きした。

二通の封書を油紙に包みこみ、駒吉が湯畑近くの飛脚屋に持っていった。

その様子を見張っていたのが大老格柳沢吉保の密偵白髪の<ruby>臑造だ。

(さてさてどうしたものか)

箕之吉の後を追う総兵衛らも方策がつかない様子で、だれぞの帰りを待っているようだ。

(となれば数日の余裕があるかも知れぬな)

と考えた白髪の臑造は、飛脚屋に託された総兵衛の手紙をどこぞで奪い取ることを考えた。さすれば総兵衛らの行動が分かるというものだ。

その刻限、おさんがようやく安心して旅籠《はたご》の部屋で眠りに就いていた。

総兵衛は囲炉裏端に座して煙草《たばこ》をくゆらせていた。

「総兵衛様、飛脚屋は昼過ぎに草津を立って伊香保には今晩じゅうにも届くそうにございます」

「よし」

「お桃さんは今夕にも草津に戻られましょうな」

「約定の三日目ゆえな、待つしか手はない」

「本日はいかが致しますか」

駒吉の問いに総兵衛が、

「湯めぐりも飽きたな」

「贅沢《ぜいたく》な悩みにございますが、駒吉も飽きました」

と主従が退屈をどう潰《つぶ》すか思案投げ首の体《てい》で顔を見合わせた。

三

お桃がふいに戻ってきた。

夕暮れ前のことだ。

薬師屋広右衛門に連れられて、総兵衛らの部屋に姿を見せたお桃は箕之吉の妹のおさんがいることに、

「おさんちゃん、なんでここに」

と叫んでいた。

「お桃さん、兄さは無事か」

お桃の視線が総兵衛と駒吉に向けられた。

「お桃、こちらは江戸富沢町の古着屋を束ねられる大黒屋総兵衛様じゃぞ」

広右衛門が答えた。

「このお方が総兵衛様」

「いかにも私が大黒屋総兵衛にございます」

総兵衛の名を承知の風のお桃が総兵衛とおさんの顔を交互に見た。

「お桃ちゃん、兄さの身を心配して、総兵衛様と駒吉さんは江戸から伊香保に見えられたのですよ……」

とこれまでの経緯をおさんが話した。

「なんとおさんちゃんは悪い侍に捕まって伊香保から草津に連れてこられただか」

「総兵衛様と駒吉さんが助けてくれただよ」

しばし息を整えるようにしていたお桃が、分かりましたと頷いた。

「お桃さん、箕之吉のこと、話してくれますな」

「はい」

と頷くお桃に、総兵衛が広右衛門に視線を向け直して、

「薬師屋さん、お桃さんのこと、心配でもありましょうがこの大黒屋総兵衛に任せてくれませぬか。うちの手代も座を外させます」

と頼んだ。

「深い事情がおありと推測はついておりますでな」

広右衛門がおさん、駒吉と一緒に階下に下りて総兵衛とお桃だけになった。

むろん大黒屋の裏の貌《かお》をどこまでお桃が箕之吉から聞き知ったか、それが薬師屋広右衛門らに知られることを恐れたからだ。

「お桃さん、ふいに箕之吉が草津に姿を見せて驚いたであろう」

「うれしかったです」

とお桃は正直に告げた。

「私と箕之吉さんは子供のときから夫婦《めおと》になると固く誓ってきた仲です。箕之吉さんがいつか迎えにくると信じてました」

「だが、箕之吉はそなたを嫁に迎えにきたのではなかった」

「私に会いに来てくれたんです、それだけで十分です」

お桃は言い張った。

「そなたは薬師屋の養女にと広右衛門さんに勧められているそうじゃな」

「はい。薬師屋さんにも世話を掛けてまいりました。私が伊香保に戻って箕之吉さんと所帯を持つのは広右衛門様にも叔母にも義理が悪うございます」

これもまたお桃の本心だった。

「箕之吉はどう申したな」

「二人で話しましたが答えが出ませぬ。なにより箕之吉さんは直《す》ぐにも草津を発《た》たねばならないと申します。そこで私が上田城下まで送り、その間に話を重ねようということになったのでございます」

お桃は、箕之吉と二人で草津を出て六合《くに》、草津口、嬬恋《つまごい》、真田《さなだ》の各村を通り、上田城下に抜けたと言った。

「答えは出たか」

「いえ、箕之吉さんはこの度の御用が済んだら、草津に戻ってきて薬師屋の叔父ともじっくり話すと申しました。箕之吉さんは江戸で船大工を続けたいというのです」

頷いた総兵衛は、

「箕之吉の御用じゃが、なにか分からぬか」

「なんでも箕之吉さんの造った船が悪い奴《やつ》らに襲われて沈められるとか、それをなんとしても止めるのだと言っておりました。それ以上の詳しいことはどうしても話してくれませんでした」

お桃は総兵衛の顔を見て言い切った。

「どこに参るとも申さなかったか」

「若狭《わかさ》の小浜湊《おばまみなと》で船に会うとだけ申しました」

（やはりそうであったか）

箕之吉はなぜか大黒丸の二度目の航海の航路を承知していた。

大黒丸の出帆直前に総兵衛から主船頭の忠太郎に命じられた航路は、忠太郎のほか、助《すけ》船頭の又三郎それに大黒屋の大番頭の笠蔵ら限られた一族の者しか知らぬ秘密だった。

それが洩《も》れていた。

「箕之吉とは信州上田城下で別れたか」

「はい」

「上田から松本に抜けて善光寺道を通って中山道の洗馬《せば》宿辺りに出る気かな」

「おっしゃるとおりにございます」

「ほかに箕之吉がそなたに話したことはないか」

「箕之吉さんは旅の間じゅう、大黒丸が凄《すご》い船だと繰り返してばかりでした。そして最後には凄いのは大黒丸じゃない。これを造られた大黒屋総兵衛様の考えが途方もなく大きいのだと言うのです」

「箕之吉がそんなことを」

「ですが私が大黒丸でどこへ行ったのか訊《き》いても一切話してくれません。ただ……」

とお桃は襟元から小さな包みを出して、銀飾りを総兵衛に見せた。妹のおさんが貰《もら》ったものと一緒のものだ。

「箕之吉の気持ちが込められた品だ、大事に致せ」

「はい」

「お桃さん、なんとしても箕之吉に会わねばならぬ。大黒丸の安全のためにも箕之吉のためにもな」

「はい」

「箕之吉は路銀を持っておるのか」

「私といるときは旅籠に泊まりましたが、その先は野宿になるといっておりました」

「お桃さん、箕之吉を必ずそなたの手に戻してやる。それが大黒屋総兵衛の約定じゃぞ」

「お願い申します」

お桃が必死の面持《おもも》ちで頭を下げた。

白髪の牗造は走りながら、草津から吾妻《あがつま》峡谷の流れに沿った街道に夕暮れが訪れるのを待っていた。

前方には風のように駆けゆく飛脚の姿があった。

牗造は街道の前後を見まわした。

人影が消えていた。
日も暗くなり、飛脚の姿が夕闇《ゆうやみ》に紛れていた。
肩に掛けた胴乱の揺れる音だけが、
かたかた
と響いてきた。
臑造は後方から速度を上げると懐《ふところ》に呑《の》んだ刃物を抜いた。
飛脚が後方からの気配に振りむこうとした。
さあっ
一陣の殺気を含んだ風が吹きつけ、塗笠《ぬりがさ》を被《かぶ》った飛脚の首筋を撫《な》で斬《き》った。
飛脚はなにが起こったか分からぬままに、街道から路傍の叢《くさむら》に転がり落ちて絶命した。
臑造は飛脚の胴乱を奪うと中に入った手紙を抜き取った。
（さてどうしたものか）
と胸の中で呟《つぶや》いた臑造は、凶行の現場を離れた。
小野子村の街道脇《わき》に地蔵堂を見つけた臑造は、持参の明かりを点《とも》して手紙を選り分け、おさんと総兵衛の二通の手紙を見つけた。

一通は総兵衛の添え書きのあるおさんのもので、伊香保村の父親豊松に宛てられていた。むろんおさんの無事を告げる内容だ。

今一通は、総兵衛が富沢町の大黒屋の大番頭笠蔵に宛てた草津から二通目の書状で、中に興味深いことが書かれてあった。

「……笠蔵殿、草津より先に送りし書状にて記したる推量、箕之吉が若狭小浜に向こうたのではないかという思案について、いよいよ我が胸中で確かなものとなり申し候。ただし箕之吉が大黒屋幹部のみが承知の秘事をいかに知り得たか未だ訝《いぶか》しく思いおり候……」

「なんと箕之吉の行き先が小浜とな、これは江戸に知らせねばなるまいて」

孺造は明かりを消すと再び街道を中之条村に引き返した。

中之条村には飛脚屋はなかった。

だが、四万《しま》街道や沼田に抜ける脇道の交差する辻《つじ》に何軒かの旅籠があって、その一軒が飛脚の立寄所になっていた。

儒造はこの旅籠に投宿すると江戸に宛てて、総兵衛の手紙を送る手筈《てはず》を整えた。そして、長い戦いになる明日からに備えて数刻《とき》の眠りに就いた。

白髪の儒造が目を覚ましたのは丑《うし》の刻（午前二時頃）だ。

中之条村から榛名山西麓を抜けて、中山道の碓氷《うすい》峠に出る山道へ超人的な視力と脚力で挑もうとしていた。

さらに一刻後、総兵衛と駒吉は馬の手綱をそれぞれ引いて、草津から六合村の峠へと向かった。先行する駒吉の手には提灯《ちょうちん》があって明かりを照らしながらの旅となった。

お桃から話を聞いた総兵衛は、駒吉に命じて馬二頭を草津宿で探させたのだ。

その馬が主従の後ろから従ってきた。

総兵衛は広右衛門にお桃と箕之吉の一件は、

「箕之吉とじっくり話し合い、若い二人の行く末を思案してみたい。薬師屋さんの願いも二人は承知のことです。しばし時間をくだされ」

と願っていた。

広右衛門はお桃が手紙に書き残したとおりに草津に戻ってきたことに望みを託していたのだ。

「相分かりました。大黒屋さんにお任せいたします」

頷《うなず》いた総兵衛は、

「薬師屋さん、おさんにだれぞ男衆をつけて伊香保に戻してくれませぬか」

というとその費用を薬師屋広右衛門に預けた。

「承知しました」

草津口の手前で夜が白んできた。

「駒吉、行きますぞ」

「箕之吉に遅れること三、四日にございますか」

二人はきりきりと腹に巻いた晒《さら》し布を今一度締め直すと馬上の人になった。

総兵衛は伝馬《てんま》宿で替え馬をしながら小浜湊まで走り抜く覚悟をしていた。そのために荷を少なくして総兵衛と駒吉が背に斜めに負い分けていた。

草津口で吾妻峡谷沿いの街道に出た総兵衛、駒吉主従は、馬腹を蹴《け》って四日前に箕之吉とお桃が歩いた道を走りだした。

二人はただの商人ではない。戦国の気風を継承してきた鳶沢一族の頭領と家来だ。馬を操るのはお手のものだ。

朝靄《もや》をついてひたすらに前進した。だが、馬に無理をさせることは避けた。馬が疲れたと見れば、二人は降りて馬を引き、歩いた。そして、時には体力を回復させるために休憩して再び鞍《くら》に跨《また》がった。

嬬恋村から鳥居峠を越えて信濃路《しなのじ》に入った。

天正年間に土地の豪族真田一族の真田昌幸《まさゆき》によって築城された上田城には、宝永三年（一七〇六）に出石《いずし》から藤井（松平）忠周《ただちか》が入り、五万八千石を領有していた。

総兵衛と駒吉が上田城下の伝馬宿で替え馬をして、しばらく北国街道を小諸《こもろ》方面へと下り、大屋村の辻で丸子を経て中山道の長窪《ながくぼ》に出る道を選んだ。

僧職の格好をした二人が馬で旅をしようというのだ、普通なれば怪しまれたろう。だが、総兵衛は伝馬問屋で金を惜しまず、そのことで相手の口を封じていた。

秋の日は釣瓶《つるべ》落とし、傾く西日と競争してようやく笠取《かさとり》峠の西の長窪に出た。

すでに中山道も濃い闇の中にあった。

これでは夜道に馬を駆ることは危険だ。

「駒吉、どこぞに馬の面倒をみてもらえる旅籠《はたご》はないか」

駒吉が手綱を総兵衛に預けて宿場に走っていった。

総兵衛は街道から外れた松の幹元に二頭の馬の手綱を引いて、腰を下ろしていた。

宿場にはすでに夜の帳《とばり》が下りていた。

日本橋から二十七番目の長窪宿は、中山道の中でも一番古い建築の本陣石合《いしあい》家があるところとして知られ、脇本陣一軒もあり、旅籠も十数軒はあった。

駒吉はなかなか戻ってこなかった。

四半刻（三十分）も過ぎたか、

「総兵衛様、遅くなりましてございます。宿場には高遠藩《たかとお》の方々がお泊まりで空き部屋がございません、馬の世話もままならない始末とか。そこで宿場外れの百姓家に頼みますと一分二朱にて馬の世話もすると申します」

「おおっ、それはよかった」

二人は二頭の馬を引いて駒吉が見つけてきた百姓家に向かった。

総兵衛と駒吉の主従が一時の休息をとっていたとき、中山道を碓氷峠に出た白髪の膕造が軽井沢、沓掛《くつかけ》、追分、小田井、塩名田、八幡、望月、茂田井、芦田、笠取峠を越えて長窪宿の、およそ十里（約四〇キロ）余を走り抜けて、二人に先行していった。

総兵衛と駒吉が再び馬に跨ったのは、膕造が通り過ぎて一刻後のことだ。

二人は夜明けの和田峠を越えて、下諏訪《しもすわ》宿への下りに差しかかり、朝日を諏訪湖の向こうに拝むことになった。

中山道の一部、木曾《きそ》街道は、この春、総兵衛らが畏友《いゆう》の大目付本庄豊後守《ほんじょうぶんごのかみ》勝寛《かつひろ》の息女絵津《えつ》の花嫁行列を警護して柳沢一派の刺客たちと戦いを繰り返した街道であった。

総兵衛の脳裏にあの戦いが鮮明に蘇《よみがえ》った。

その折、綾縄小僧の駒吉も随行していた。

「総兵衛様、あの折は敦賀湊《つるがみなと》にて絵津様を新造したばかりの大黒丸にお乗せしましたな」

駒吉も同じことを考えていたか、並びかけて進む総兵衛に言い、ふと気づいたように訊《たず》ねた。

「総兵衛様、箕之吉さんの行き先は分かりましたので」

お桃と話し合ったのは総兵衛だけだ。

「分かった」

「未《いま》だ駒吉にも秘密にございますか」

「当ててみよ」

「箕之吉さんは大黒丸に急を告げたいのでございましょう。その大黒丸は今頃、南海の海を走っております。どう箕之吉さんが足掻《あが》いたところで捕まえることはできませぬ」

「なぜ南海の海を大黒丸が走っておると決めつける」

駒吉が総兵衛の顔をちらりと見て、

「相州浦郷村深浦の船隠しを出た大黒丸は三段帆に風を孕《はら》んで黒潮に逆らい、

南下いたさば、今頃は信之助様きぬ様夫婦のおられる琉球《りゅうきゅう》に寄港しておるか、あるいはさらに南の果てを走っておられましょうに」

「駒吉、此度《こたび》の船出に際して忠太郎に命じたことがある。船隠しを出た大黒丸は南に進路をとらずに北を目指すように命じた」

「なんとまあ、大黒丸はどこへ行ったのでございますか」

「大黒丸の積み荷は京、金沢、そして、江戸の三都にて商いする手筈《てはず》だな」

「はい。京はじゅらく屋様が、金沢は御蔵屋《みくらや》様が大黒丸の荷を商われる約束にございましたな」

「大黒丸の荷を扱うだけではないわ。京の、金沢の特産物を大黒丸に積んで異国に走るのじゃ」

「なあるほど、それにて駒吉にも見当がつきましてございます」

「ついたか」

「金沢沖か、いや、中山道を箕之吉さんが走るということは敦賀湾にて大黒丸を待ち伏せる所存にございますな」

「此度は若狭の小浜湊だ」

「小浜にございますか」

「小浜は京に近く、金沢からも遠くはない。じゅらく屋と御蔵屋の荷を内海で一気に船積みしようと考えたのよ」

なるほどと首肯《しゅこう》した駒吉が、

「さすがに大黒丸に船大工として同乗された箕之吉さんだけのことはある、勘が鋭いな」

と感心した。

「だが、このことは船隠しを出る直前まで忠太郎と限られた者にしか伝えておらぬ。北の海に向かう準備がいるでな、助船頭の風神の又三郎は承知であろう。ともかく水夫《かこ》すら野島崎を回って後に、北回りで小浜湊沖に立ち寄り、京と金沢の荷を積みこむ事を知ったはずだ。それを箕之吉が承知しているのはどういうことか」

駒吉は息を飲んだ。

「それのみか、道三河岸が大黒丸になんぞ仕掛けるということは、奴《やつ》らもすでに大黒丸の航路を承知なのではあるまいか」

「総兵衛様、あるいは箕之吉さんから聞きだそうとしているかとも考えられます」

「おお、そうじゃ。だからこそわれらはなんとしても箕之吉を捉《とら》え、小浜湊にて大黒丸に合流せねばならんのだ」

「なれば、早駆けいたしましょうぞ」

「おおっ」

二騎の馬は、交通の要衝の下諏訪を迂回《うかい》して塩尻《しおじり》峠へと駆けだしていった。

その刻限、白髪の臑造は、諏訪大社下社春宮《すわたいしゃしもしゃはるみや》の境内にある祠《ほこら》で浅い眠りに就いていた。

四

大黒屋の商いを守る大番頭の笠蔵は、草津から出された総兵衛の一通目の手紙を受け取ると奥座敷の美雪のところに持参した。

笠蔵に宛《あ》てられた手紙だが、美雪と一緒に読もうと思ったのだ。

「美雪様、総兵衛様からの手紙にございますぞ」

美雪は産着を縫う手を止めて、

「手紙がくるところをみるとご苦労なされておられるような」

と感想を述べた。

笠蔵が開いて、まず手紙を読んだ。

〈笠蔵殿　無聊《ぶりょう》に任せて一筆認《したた》め申し候《そうろう》。箕之吉とは伊香保にては邂逅《かいこう》できず、草津の湯にて箕之吉と行動を共にする、幼馴染《おさななじみ》の娘のお桃の帰りを待つ日々にて候……〉

「美雪様、総兵衛様と駒吉は伊香保から草津へと移られたようですぞ」

「お湯めぐりですか」

「箕之吉は、やはり道三河岸の手の者に故郷の伊香保へ誘いだされたようですな」

と手紙を黙読した笠蔵が言い、声に出して読み始めた。

「……なになに、伊香保神社近くの大工豊松の家を訪ねし処《ところ》、豊松何事もなく五体壮健にてわれらの訪問を驚き、かつ訝《いぶか》しく思う様子にて箕之吉は帰家せずと答えたり。致し方なく豊松の家を出《い》でし所、箕之吉を伊香保に呼びだせし道三河岸の手先三人に突然襲われしが、駒吉の手にても始末の負える輩《やから》に候。翌朝、箕之吉の妹おさんがわれらの湯治宿を訪ねきたりて、兄箕之吉と会いし一件を告白したり。おさんによれば、箕之吉は父親の瀕死《ひんし》の怪我《けが》を理由に伊香保に呼びだされしものにて、父親の無事を知りて、これは大黒屋さんに仇《あだ》なす者の仕業にて大黒丸が危難に見舞われるやも知れず、その事を大黒丸に知らせに行く段おさんに告げたり。但《ただ》し此度の一件、生死に関わることなれば、その前に草津に立ち寄りて幼馴染にして所帯を持つと約定せしお桃の顔を一目見て参りたしと伊香保を急ぎ去った由《よし》。われら草津に急行せし理由なり。なれど一日遅れにて箕之吉はお桃を伴いて草津から何処《いずこ》かへと姿を消しおり候。お桃の置手紙に三日後には帰るとある故《ゆえ》、われらただ今お桃の帰りをひたすら待つ身なり……」

笠蔵と美雪が顔を見合わせ、笠蔵が吐息をついた。

美雪がふっくらとした顔に笑みを浮かべ、手紙の先を促した。

「さて笠蔵殿、われら鳶沢一族にとりて緊急事態発生せりと言うべし。第一に箕之吉、大黒丸の危難を何処にて知り得しものか。もし江戸においてなれば富沢町に報告なすが当然、それを成さずして自ら大黒丸に走るは何ゆえか。第二に箕之吉は草津より何処に参りたるか。総兵衛、箕之吉の行く先を小浜湊と推量せしが、となればいかにして箕之吉は大黒丸の北回り航路を知り得しものか、謎《なぞ》に候……」

笠蔵の顔が緊張に引き攣《つ》り、

「美雪様、大変なことになりましたぞ」

と呻《うめ》いた。

「笠蔵さん、最後まで総兵衛様の手紙をお読みくだされ」

「はい、そうでしたな」

と頷《うなず》いた笠蔵が、

「……この一件、江戸にて探索の事願い申し候。なお、お桃が草津に戻りその返答如何《いかん》によりては駒吉と二人若狭小浜に走る覚悟にて候。但しわれらが先に小浜に到着せらるるものか、あるいは大黒丸はすでに小浜を離れたるものか微妙なる競争となるは必定と存じおり候。笠蔵殿、大黒屋の事、美雪の事、万端よろしく改めて願うものに候　総兵衛……これが全文にございます」

笠蔵の言葉に美雪が頷き、

「京からようやく江戸にお戻りと思うたら、また若狭に走る御用旅にございますか」

「総兵衛様の勘なればまず小浜に出向かれる事必定、さてさて箕之吉さんはどこでわれらが秘密を知りえたか」

笠蔵は手を叩《たた》くと店から二番番頭の国次を呼んだ。そして、総兵衛の手紙を指し示すと大黒屋に降りかかった危難を理解させた。その上で、

「国次、箕之吉がいかにしてわれらの秘密を知りえたか、急ぎ調べてくだされ」

と命じた。国次は、

「承知しましてございます」

と短く答えると店へ戻りながら探索の手筈を考えた。

中山道のうちで贄川《にえかわ》宿から馬籠《まごめ》宿までの十一宿を木曾路と呼ぶ。

この木曾路、すべて山を抜ける街道である。

東に駒ヶ岳《こまたけ》を主峰にした木曾山脈が、西に御嶽山《おんたけさん》を主座にした飛驒《ひだ》の山並が聳《そび》える。

木曾路は木曾川と織り成すように二つの山並の間を縫って進み、美濃《みの》へと向かう。

標高千二百尺（約三六〇メートル）から四千五百尺（約一三六〇メートル）の高低差が激しい木曾路を三組の人間たちが美濃を目指して苦闘していた。

松本から善光寺道を通り、中山道の洗馬宿に出た船大工の箕之吉、小野子村で飛脚を殺して総兵衛の手紙を奪いとった柳沢吉保の密偵、白髪の鵬造、そして、草津から騎馬行を続ける総兵衛と駒吉主従の三組だ。

この未明、箕之吉は江戸から三十六番目の宮ノ腰宿と三十七番目の福島宿の間にある福島関所を裏道で抜けて、上松《あげまつ》宿の手前に出た。

箕之吉の頭には、

「大黒丸を助けねば」

という一念しかない。

それが箕之吉に苦闘の旅をさせていた。

船長八十三尺（約二五メートル）、船幅三十三尺（約一〇メートル）、石高にして二千二百石。

二本の主帆柱百二十余尺（約三七メートル）からは三段の横帆が並び、満帆に風を孕《はら》んで膨らんだときの優美な丸みの譬《たと》えようもない美しさは、今も船大工箕之吉の五感に刻みつけられていた。

（あれほどの美しき船は異国にも然々《そうそう》ない）

箕之吉は大黒丸の建造に携わったばかりか、試し航海から第一回目の異国商いまで乗り組んで船旅を体験していた。

大海原を乗り切り、波濤《はとう》を越えるときの眩惑感《げんわくかん》は、大黒丸に乗り組んだ者でないと分からないことだ。その感覚は今も箕之吉の五体に染みこんでいた。

幕府が鎖国令を布告しようと大黒丸は、鎖国の日本に小さな風穴を開ける希望の船だった。

大黒丸に乗って異国を見た箕之吉はそのことを実感していた。

世界は日進月歩確かに大きく動いているのだ。

異国の科学の進歩を箕之吉に身をもって悟らせたのは、中国の青島《チンタオ》で仏蘭西《フランス》商船から購入した大砲から爆裂りゅう弾を打ち出した瞬間だ。

三浦三崎城ヶ島沖に戻ってきた大黒丸を道三河岸の命を受けた鉄甲船が待ち受けていたが、大黒丸両舷《げんそく》側から撃ち出された砲弾に、
あっ
という間もなく沈没してしまった。

世界は途轍《とてつ》もなく大きかった。

後れを取ってはならぬ。

そのことを富沢町にいながらにして考えた上に実行に移した大黒屋総兵衛の肝っ玉の大きさを考えるとき、箕之吉は身が震える思いがした。

大黒丸は世界に対抗し得る巨大帆船なのだ。

(それを無益にも沈められたり、捕縛されたりしてたまるものか)

その思いがおこも姿の箕之吉を一歩一歩若狭小浜湊へと進めていた。

箕之吉は、

「おこもおこも、宿にはいらん!」

と囃《はや》し立てる悪餓鬼に追い立てられて上松宿を過ぎると浦島太郎がこの地で

玉手箱を開けたという伝説の寝覚めの床に入りこみ、屏風《びょうぶ》岩など奇岩が連なる木曾川の流れを見下ろす岩棚でしばしの休みをとった。

箕之吉はお桃と別れた後、これまで路銀の節約と追っ手を警戒して夜旅を続けてきた。

晩秋に差しかかる木曾路の寒さは、夜よりも昼間体を休める方が楽だということもあった。

箕之吉は腰にぶら提げた風呂敷《ふろしき》包みから藪原《やぶはら》の旅籠《はたご》の台所で恵まれた握飯を食し、途中で盗んだ干し柿《ほがき》を食べ、水を飲むと日向《ひなた》の岩場で蓑《みの》を夜具代わりに眠りに就いた。

箕之吉が眠りに落ちて一刻《とき》半後、木曾路を一人の男が風のように通り抜けた。

柳沢吉保の密偵、白髪の臑造だ。

白髪は十二、三歳の頃からあった。

二十八歳になった今ではすっかり老人と勘違いされるほどの白髪頭である。

そこでついた呼び名が白髪。

臑造は伊賀の放れ忍びの父親が放浪の旅の最中に出会った飯盛り女郎に産ま

せ、

「親の臑《すね》をかじることなく早く一人立ちせよ」

との思いを込めて付けられた名だ。

父とは十三の夏まで一緒に放浪した。

その間に、

「忍びとは走ること」

という基本から、短刀の扱いを始め武芸百般の手解《てほど》きを受けた。

父が臑造を捨てたのは東海道の藤枝宿であった。

若い飯盛り女にほれ込んだ父親は、女を足抜けさせた。

そのとき、父親は臑造を宿に残して、旅籠を安心させていた。

女と父親が足抜けをしたと知った旅籠では臑造を捕らえて、折檻《せっかん》した。だが、
臑造には父親がどこへ行ったか知る由《よし》もなかった。

「この餓鬼、白髪がもう生えおって子供大人か」

折檻に疲れた旅籠の主《あるじ》たちが臑造を納屋《なや》の柱に括《くく》りつけて一人にした隙《すき》に臑
造は手首の関節を外すと縄抜けをした。

刻限は未明のことだ。

臑造は旅籠の主の寝所に押し入り、台所で見つけた柳刃包丁を首筋に突きつけて金の在り処《あか》を吐きださせるとあっさりと殺した。

それが臑造の最初の殺人だ。

冬は南に夏は北に向かう暮らしを続けながら、父から教え込まれた忍びの技を磨き、独り忍びとして身を立ててきた。

そんな臑造が今から一年半余前、伊勢神宮を流れる五十鈴川の河口の浜で杖《つえ》に縋《すが》って歩く武家に出会った。

元川越藩御番頭隆円寺真悟と名乗った武家は、

「そなたの腕前、見た」

と言った。

臑造は黙って左足が外側に折れ曲がった武家を見た。

「懐《ふところ》の金子を目当てに三人の武芸者を一瞬にして始末した技前、なかなかかな」

前夜、臑造は外宮近くで仕事をしてのけていた。それを見られたらしい。

「その腕、江戸で使って見ぬか」

「…………」

「おれはその昔、大老格柳沢吉保様の家臣であった。いや、今もそのつもりでおる。柳沢様には長年苦杯を嘗《な》めさせられてきた敵がある。おれをあの世の地獄の縁まで追いやったのもその一族だ。おれは秋《とき》を得て、今一度その一族との戦いの先頭に立ちたいと願ってきた。そなたを見たとき、その時節がやってきたと確信したのだ。おれと一緒に江戸に行かぬか」

臑造は、この武家を始末するか、放置したままにするか迷い、その場から立ち去りかけた。

「大老格柳沢吉保様に苦渋を与えつづけてきた一族の名を鳶沢一族という」

臑造の足が止まった。

諸国放浪の旅のなかで、鳶沢総兵衛に率いられる一族の伝説を何度も聞かされてきていた。

「ただ今の頭領は六代目鳶沢総兵衛勝頼、表の顔は江戸富沢町の古着問屋大黒屋総兵衛だ」

「そなたはおれを大老格の柳沢吉保様の密偵にするというか」

「放浪の暮らしに倦《う》み飽きたであろう。そなたの腕、柳沢様の後《うし》ろ楯《だて》があれば、何倍にも使えよう」

その翌日、隆円寺真悟と白髪の臑造は、五十鈴川河口の浜を後にしていた。

そして、今、道三河岸の密偵の一人となった臑造は、ひたすら船大工箕之吉の姿を追って須原宿《すはら》へと走りつづけていた。


その刻限、総兵衛と駒吉は須原宿外れの定勝寺《じょうしょうじ》の庫裏《くり》にいて、朝餉《あさげ》の接待を受けていた。

定勝寺は永享《えいきょう》二年（一四三〇）に木曾氏の十一代源親豊《ちかとよ》が創建したという木曾路きっての臨済宗《りんざいしゅう》の名刹《めいさつ》である。

今年始め、本庄絵津の花嫁行列の警護をして木曾路を通過したとき、総兵衛ら鳶沢一族の面々はこの寺に世話になっていた。

そこで総兵衛はそのときのお礼とばかりに定勝寺を訪ねて、なにがしかの寄進を申しでた。すると寺では江戸の豪商と奉公人がなぜか坊主《ぼうず》姿で現れたのを怪しみもせずに朝餉を馳走《ちそう》してくれたのだ。

　定勝寺前をまず白髪の孺造が走り抜けて、一刻後、仮眠を終えた箕之吉が通り過ぎた。さらに半刻後、

「大黒屋さんの旅はいつも慌《あわただ》しいがどうです、今日一日休んでいかれませぬかな」

　と引き止める和尚《おしょう》らの勧めを固辞して、二人の主従は再び街道に戻って馬上の人になった。

　これよりは木曾路十一宿も「下四宿《しもよんしゅく》」と呼ばれる野尻《のじり》、三留野《みどの》、妻籠《つまご》、馬籠に差しかかる。

「総兵衛様、路銀も十分でない箕之吉さんのことです。そろそろ追いついてもよい頃合ですねえ」

「三留野宿から先は峻険《しゅんけん》な山に入る。そこいらあたりが出会いの場所と思うておるのだがな」

「ならば先を急ぎますか」

「おう」

二人の主従は再び馬に鞭《むち》を入れて街道を木曾山中へと走りこんでいった。

三留野宿を出たところでおこもの箕之吉は、遠くから響く馬蹄《ばてい》の音を聞いて、街道を外し、木曾川の河原に下りて馬を避けた。

(追っ手かも知れぬ)

と考えたからだ。

箕之吉の見あげる眼前に僧衣を翻《ひるがえ》した一騎の僧侶《そうりょ》が走り抜けていった。

(あれは大黒屋総兵衛様ではないか)

一瞬見た風貌《ふうぼう》は総兵衛その人のように思えた。

だが、江戸から遠く離れた木曾路に総兵衛がいるわけもない。第一、

(あれは坊様だ)

だが、待てよ、箕之吉は考えた。

大黒丸が三浦三崎に戻って来たとき、出迎えた総兵衛は頭をつるつるに光らせた青坊主ではなかったか。

箕之吉の考えは千々に乱れた。

（ともかく道を急ぐことだ）
おこもの箕之吉は街道に戻ると妻籠宿を目指した。
その姿を白髪の髷造が竹林の茂る山の斜面から眺めて、
（ほれ、網にかかったぞ）
と箕之吉の後を尾行し始めた。
さらに一刻が過ぎて、箕之吉は、妻籠宿を過ぎ、馬籠《まごめ》峠に差しかかった。
須原宿から六里（約二四キロ）余り、晩秋の木曾路に早や夕闇《ゆうやみ》が迫ろうとしていた。
箕之吉は杉木立に入った。
すると前方に破《や》れ笠《がさ》の老人が足を休めていた。
箕之吉はその前を通りかかると、
「妻籠はもうすぐですよ」
と親切に教えた。
「おこもの箕之吉さん、ご親切にありがとうよ」
路傍に休んでいた老人が立ちあがった。

「なにっ、おれの名を呼ぶおまえさんはだれだ」

「江戸からおまえを伊香保に呼びだした者たちの連れさ」

「なんだって」

箕之吉は船大工の道具の小刀を懐から掴《つか》みだすと蓑の下に構えた。

「やめておけ、放れ忍びの白髪の牖造様に敵《かな》うわけもない」

牖造が忍び刀を鞘《さや》ごと抜いた。

箕之吉は身を包む蓑を路傍に捨てた。

これで小刀が相手にも見えた。

箕之吉は小刀を構えつつ、横走りに妻籠宿へと走り戻ろうとした。すると軽やかな足で牖造が追いかけてきて、半丁もいった場所で鞘ごと抜いた忍び刀の柄《つか》を振った。すると鐺《こじり》から細い鉄鎖が、
しゃっ
と伸びていって箕之吉の足に絡《から》まり、その場に転がした。

鉄鎖が足から外れた。

くそっ！

飛び起きようとする箕之吉の首に鉄鎖が巻きつき、
くいっ
と締めあげて意識を失わせた。
白髪の臑造が小柄な体にがっちりとした箕之吉を軽々と背負い、木曾川の河原へと姿を消して四半刻、一頭の馬が妻籠から馬籠峠へと差しかかった。
駒吉の馬だ。
夕暮れの刻限、ゆったりと馬を引いた駒吉が通りかかり、路傍に捨てられた蓑に視線をやった。
駒吉が蓑を摑んだ。すると蓑の内側に小さな包みが括《くく》りつけられてあった。
駒吉が手早く包みを解くと着替えにお守りが出てきた。
着替えは男物、お守り札は草津の光泉寺とあった。そして、お守り札には、
箕之吉様道中安全お桃
と手書きされていた。
「畜生、先に道三河岸の手に落ちたか」
と吐き捨てた駒吉は先行する総兵衛を追いかけるために馬に乗った。

# 第三章　捕　　囚

## 一

大黒屋の奉公人が台所に集まり、朝餉《あさげ》を食そうとした刻限、この二日余り店を留守にしていた二番番頭の国次と手代の清吉が戻ってきた。

その知らせを受けた大番頭の笠蔵は、

「先に食べていなさい」

と奉公人たちに命じ、奥座敷に向かった。するとそこに夜露の気配を体に残した二人が美雪から茶の接待を受けていた。

「ご苦労でしたな」

と笠蔵がまず箕之吉の身辺探索に当たっていた二人を労《ねぎら》った。

「お内儀様、大番頭様、およそのことは分かりましてございます」

「なに、分かったといわれるか。いやいやようやってくれました」

と重ねて二人の探索を感謝した笠蔵が話を促した。

「私どもはまず統五郎親方に会い、聞き取ることから始めました。その結果、箕之吉さんが伊香保へ帰省する前にも二日ほど休みを貰《もら》っていることが判明しました」

「理由はなにか」

江戸時代、奉公人が休みを取れるのは藪入《やぶい》りくらいで、そうそうあるものではない。

「箕之吉さんには戸塚在に叔父がいるそうで、この叔父が夢枕《ゆめまくら》に立って箕之吉さんに会いたいと夜な夜な申すそうでございます。箕之吉さんはなんとかして叔父の望みを叶《かな》えてやりたいと統五郎親方に相談したのでございます。親方は大黒丸に乗りこんだ気の疲れと思い、気分を変えるのもよかろうと許したそうにございます」

「どこも上に立つ人は気苦労なさるな」

笠蔵が国次の報告に相槌《あいづち》を打った。

「大番頭さん、箕之吉さんが休みをもらったのは大黒丸が船出した日に重なります」

「なんと箕之吉は相州浦郷村の深浦の船隠しに参ったのですか」

「はい。どうやら箕之吉さんは大黒丸が船出をするのを密《ひそ》かに見送りにいった模様なのです」

「これは驚いた」

「大番頭さん、それだけ総兵衛様が造られた船に箕之吉さんが惚《ほ》れていた証《あか》しですよ」

笠蔵に美雪が言い、国次に報告を続けよという風に笑いかけた。

「私どもはすぐに深浦の船隠しに走りました」

二千二百石の大黒丸を隠す船隠しの湊《みなと》を見つけてきたのは、大黒屋の所蔵船明神丸で上方と江戸を頻繁に往来してきた国次だ。

「すぐさま、知り合いの百兵衛《ひゃくべえ》様や浜次《はまじ》さんに会いましてございます」

百兵衛は浦郷村の長老で漁師の浜次たちを束ねていた。

大黒丸の船泊まりとして深浦湾を利用させるについても百兵衛らと大黒屋が極秘の取引をなしていた。隠し湊の使用料が年百両ほど大黒屋から浦郷村に支払われていたのだ。

つまりは浦郷村と大黒屋は船隠しを巡って秘密を持ち、ある種の運命共同体の関係にあった。

国次と清吉は、百兵衛の家で浜次を呼び、大黒丸が船出した前後に変わったことがなかったかどうか訊《たず》ねた。

これまで幾多の戦いを繰り返してきた柳沢吉保（松平美濃守《みののかみ》）の一派が大黒丸の出船をどこかで監視しているかもしれない、それは想像に難くなかった。だから、浦郷村にも大黒丸の出航に際して、警戒を願ってあった。

「番頭さん、変わったことと申されますと、どのようなことでございますな」

「つい最近まで大黒丸に乗り組んでいた船大工の箕之吉さんがこの界隈《かいわい》に姿を見せていたという話がございましてな」

大黒丸の乗り組みの水夫《かこ》たちと村の男たちは顔見知りだ。

箕之吉と会えば分からないはずはなかった。

「どこぞの密偵ごとき連中が三浦三崎あたりをうろついているという話は聞いたが、船大工の箕之吉さんがな」

百兵衛が頭を捻《ひね》り、浜次も顔を横に振った。

国次は勘が狂ったかと思った。

「恐れ入りますが村の方々に訊いてもらえませぬかな」

百兵衛が頷《うなず》き、浜次が百兵衛の家から飛びだしていった。

半刻《はんとき》（一時間）後、次々に知らせが入ってきた。だが、だれも箕之吉の姿を見たものはいなかった。

となると考えられることは二つだ。

箕之吉は浦郷村深浦湾の船隠しに大黒丸見送りには来なかった。もしくは来たが村人に発見されることはなかった。

刻限が過ぎて、さすがの国次も、

（読みが外れたか）

と諦《あきら》めかけたとき、

「番頭さん、おめえさんの勘が当たったぞ」

と浜次が小麦色に日に焼けた娘を連れてきた。

刻限は夜になっていた。

娘は昼間海で獲《と》れた魚を持って近隣の村々へ行商に出ていたそうな。

「このおときが見かけたそうだぜ、それも大黒丸が船泊まりから出帆する日のことだ」

「浜次さん、でかしましたぞ！」

国次は怯《おび》えた様子のおときを見て、手招きした。

おときが江戸からきた大黒屋の二番番頭のそばに膝《ひざ》をおずおずと進めた。

「おときさん、どこへ行こうとなされて箕之吉さんと会いましたな」

大黒丸が停泊する船隠しには、浦郷村の者も近づかないように命じられていた。

また大黒丸が出入りするときは、村の男たちも特別に警戒に当たっていた。

その上、深浦湾は横幅三丁（約三三〇メートル）、奥行き半里（約二キロ）、海への出入り口のほかは切り立った崖《がけ》の上に原生林が繁《しげ》り、近郷の人でも容易に近づけなかった。

「船泊まりに船を見に行きました」

おときは小さな声で答えた。

「大黒丸の出帆の光景を見に行かれたか」

「はい」

厳しく人を船隠しに近づけない深浦湾だが、浦郷村の人間ならば獣道のような迷路を伝って近づく方法を承知していた。

「そのとき、船大工の箕之吉さんを見たのだな」

「はい」

「その模様を詳しく話してくれませぬか」

「おらは大黒丸の出船がどうしても見たくてよ、前の夜から深浦の船隠しの岩場の窪《くぼ》みに身を潜めておりやした」

「なにっ、前の夜からですか」

「夜明け前には男衆《おとこし》が見回りに歩かれますだ。それで」

「前の晩からな。で、大黒丸は見えましたかな」

「夜を徹して、船出の支度が行われていましただ」

大黒丸は深浦の船隠しに舫《もや》われながら、岩棚を利用して造られた荷蔵から最後の品々が運びこまれていた。

「それでどうなりましたな」

「おらが忍んでいって半刻もしたころだ。夜の海をだれぞが岩場に向って泳いでくる気配がしましただ……」

おときは身を岩場にへばりつかせた。

気配の主《ぬし》はおときが潜む岩場に辿《たど》り着くと、しばらくじっとして呼吸を調《ととの》えていた。

突然独り言が聞こえてきた。

「もう一度大黒丸に乗りてえな」

（だれだろう）

と思い巡らしたおときは、それが船大工の箕之吉の声だと気づいた。

大黒丸には新しい船大工が乗り組んでいた。

交替させられた箕之吉は、密かに大黒丸の船出を見送りにきたのかと、おときは思いあたった。

(大黒丸なればだれもがそう思うはずだ)

おときが考えたとき、

「……此度《こたび》の大黒丸は北に向かうのだと、津軽海峡を抜けて加賀金沢沖から若狭小浜湊《わかさおばま》沖に立ち寄り、京と金沢の荷積みをするのだとよ。大黒丸が平戸島沖に仮泊して、西海へと抜ける姿がみてえよ、いや、乗り組みてえな」

と独り言で嘆いた箕之吉は、おときが潜む岩場からさらに半丁も離れた場所に泳いで移動していき、大黒丸を見送る態勢を整えたようだ。

夜明けが迫り、大黒丸が碇《いかり》を上げた。

主帆柱の一段目に帆が上げられ、巨体がゆっくりと船隠しの湾口へと出ていった。

夜の船隠しに止まっているときの大黒丸は、巨体を仮死させて巌《いわお》のように見えた。だが、一段目だけとはいえ横帆が張られた巨大な帆船が動きだしたとき、おときは、別の生き物を見るようで言葉もなく呆然《ぼうぜん》と見送りつづけた。

すると風に混じって箕之吉の悔し泣きの声が聞こえてきた。

「おれを連れていってくれ、大黒丸に乗せてくれよ！」

箕之吉の泣き声はいつまでも哀《かな》しげに続いた。

「……おときさん、そなたは箕之吉の独り言と悔し泣きを聞いただけかな」

国次はおときに念を押した。

「いいんや、箕之吉さんが深浦を去られるとき、肩を落とされて林の中に消えていく姿をしっかりと見届けただ。あれは間違いなく船大工の箕之吉さんだ」

と言い切った。

「おときさん、助かった」

「おら、叱《しか》られねえんで」

「おときさん、大黒屋と浦郷村は百年の信頼に結ばれる関係にございます。おときさんが大黒丸の船出を見にいった気持ちも分からないではない」

「はい」

「だが、このことをだれにも話さないでくださいな」

「話さねえ。浜次さんが浦郷にとって一大事というから、おらの秘密を明かしただ」

「それでいい」

国次と清吉は相州浦郷村まで来た甲斐《かい》があったと顔を見合わせた。

「……お内儀様、大番頭さん、おときさんと会った後、村じゅうを再度聞きこみましたが、箕之吉さんを見かけたのはおときさんだけにございました。だが、深浦の船隠しに箕之吉さんが大黒丸を見送りにいったのは間違いのないことのように思えます」

国次が報告を終えた。

「となれば、箕之吉さんがどうして大黒丸の北回りを知りえたか」

笠蔵が呻《うめ》くように自問した。

「大番頭さん、それは私どもも調べのつかぬことにございます。もしそれが事実なれば……」

国次が清吉を振り見て、

「清吉、おまえの考えを述べてみぬか」

と促した。

「はい」

と応じた清吉が、

「これは帰り道も番頭さんと話し合ってきたことにございます」

と断って、

「船に乗り組むということは四六時中、行動をともにすることにございます。つまり箕之吉さんは船大工、大黒丸の構造はすべて承知しておられます。つまり箕之吉さんなれば、出船前の慌《あわ》ただしい隙《すき》をついて、大黒丸に密かに立ち入られたかもしれませぬ。そこで大黒丸の北回りと小浜湊立ち寄りを小耳に挟んだものかと思われます」

座にしばし沈黙が漂った後、美雪が口を開いた。

「箕之吉さんが大黒丸を見送りにいって極秘のはずの北回り航路を知られたことは事実のようですね。だが、このことと伊香保村に呼びだされたことが私には結びつきませぬな」

「お内儀様、おっしゃられるとおりにございます」

「なんぞ答えをお持ちのようですね」

「これまた仮の話に過ぎませぬ」

「現場を見た者の推量は大事にせねばなりませぬ。のう、大番頭さん」

「お内儀様の言われるとおりだ、国次、話しなされ」

国次が頷いた。

「大黒丸がどこに停泊して荷下ろしするのか、船隠しを道三河岸《どうさんがし》一味が必死に浦郷界隈で探しまわっているのは確かなことにございます。大黒丸を見送って気の抜けた箕之吉さんが浦郷村の帰り、道三河岸の密偵に見られたとしたら、いかがにございましょう」

「先を聞かせなされ」

「箕之吉さんの行動を不審に思うた者が密偵にいたとして、竹町河岸の統五郎親方の下まで尾行していった。そして箕之吉さんが大黒丸を造った船大工の一人であり、その上、船に乗り組んでいたと道三河岸が承知したとしたらどういたしましょう。江戸を離れた地、故郷の伊香保に呼びだし、その途中ででも身柄を確保した上で大黒丸の、いえ、私ども大黒屋と鳶沢《とびさわ》一族の秘密を喋《しゃべ》らせようとするのではありませぬか」

「ありうるな」

「推量にございます」

笠蔵の肯定の言葉に国次が遠慮した。

「確かに仮の話に過ぎませぬ。だが、その後の箕之吉さんの行動が国次さんと清吉さんの推量を裏づけていると思えませぬか」

「お内儀、おっしゃるとおりにございます」

と答えた笠蔵が、

「大黒丸から下船した者のうち、箕之吉だけが一族の外の人間であったことにもっと気を配るべきでございましたな」

と笠蔵の後悔はここに辿りついた。

「お内儀様、大番頭さん、私、箕之吉さんと大黒丸にて苦楽を共にして参りました。さすがに統五郎親方が大黒丸に乗り組みを許された人物、早々には道三河岸の手には落ちぬかと思います」

清吉が言い、笠蔵が、

「総兵衛様の次なる手紙を受け取った後にわれらが行動を決めようか」

と締め括《くく》った。

だが、その総兵衛の二通目の手紙は道三河岸の密偵、白髪の鵬造に強奪されて、富沢町に届くことはなかった。また国次と清吉が浦郷村で調べてきた事実を総兵衛らに知らせる手立てが今のところなかった。

総兵衛と駒吉は苦闘の乗馬行からしばし解放され、彦根城下から対岸の今津へと小さな帆船を仕立てて、一時の休息をとっていた。

琵琶湖《びわこ》の上には細い月が出ていた。

初冬とはいえ、穏やかな宵だ。

風だけが対岸に向かって吹きつけていた。

総兵衛と駒吉は馬籠《まごめ》宿で落ち合い、駒吉は箕之吉が囚《とら》われたようだと馬籠峠で拾った持ち物を総兵衛に見せた。

総兵衛はお桃が箕之吉に旅の安全を祈願して贈った光泉寺のお守り札を手にしばし沈黙した後、

「駒吉、間違いなく敵方の手に落ちたであろう。となれば、われらのこれからの行動も考えねばならぬ」

「箕之吉さんのこと、一旦《いったん》忘れますか」

「大黒丸のすべてを承知の箕之吉を捕縛した敵方が箕之吉の身を江戸に連れ戻すか、あるいは大黒丸が立ち寄る越前小浜沖に向かうか、二つに一つの道を選ばずばなるまい。おれは、箕之吉を若狭小浜に連れていくような気がしてならぬ」

「ならば、総兵衛様、一気に若狭に走りましょうぞ」

主従は十曲《じっきょく》峠を駆け下って美濃路に出た。

中山道を落合、中津川、大井、大久手、細久手、御岳《みたけ》、伏見、太田、鵜沼《うぬま》、加納、河渡《ごうど》、美江寺《みえじ》、赤坂、垂井、関ヶ原、今須、柏原、醒ヶ井《さめい》、番場と各宿場を一気に走り抜き、鳥居本宿の伝馬《てんま》問屋に馬を返したのだ。そうして、彦根から琵琶湖を横断する帆かけ舟を仕立てたのだ。

その帆が風にばたばたと鳴っていた。

「総兵衛様、箕之吉さんは今ごろどこでこの月を見ておられますかな」

「われらと相前後してこの界隈《かいわい》におるような気がしてならぬ」

「ならば、早晩、会うこともできましょう」

「駒吉、少し眠れ」

「総兵衛様はどうなされるので」

「ちと考え事がしたい」

舟に乗る前に酒を用意していた。

その大徳利から茶碗《ちゃわん》に酒を注いだ総兵衛は口に含んだ。

総兵衛の気持ちには、

「大黒丸の安全」

とともに、

「箕之吉の奪還」

があった。

この二つの難題をどう処理するのか、総兵衛は小舟に揺られながら考えつづけた。そして、今ひとつ、総兵衛の胸の中に黒々とした疑惑が生じていた。それが大黒屋を、鳶沢一族を率いる頭領の心を暗くしていた。

二

若狭の小浜と京の大原口十八里（約七二キロ）を結ぶ若狭街道は別名鯖《さば》街道と呼ばれた。それは若狭の海で獲《と》れた魚の一塩物《ひとしおもの》の運搬路だったからだ。未明の若狭湊を発《た》った売り子たちは天秤棒《てんびんぼう》を揺らしながら食通の都、大消費地の京に向かったのだ。

十八里の道中には花折峠など険阻な山道があった。

これを売り子たちは一昼夜で走り抜き、鰈《かれい》、小鯛《こだい》、飛魚《とびうお》、鰺《あじ》、なかでも街道の別名になった鯖を運んだのだ。

琵琶湖の北西岸今津から鯖街道の宿として栄えた保坂《ほうざか》へ朝靄《もや》をついて巨軀《きょく》の僧侶《そうりょ》が独り歩を進めていた。

大黒屋総兵衛である。

彦根で雇った帆かけ舟が今津に到着しそうになったとき、風向きが変わった。

それを見た総兵衛は、

「船頭さん、これより大津へ舟を走らせると夕暮れ前には着くものかな」

と訊《き》いたものだ。

「坊さんよ、舟は風次第だ、今の風が吹きつづけるなれば、随分早く着こうがのう」

と請け合った。

大黒丸に北回りの航路の試しを命じたのは、秋口から冬にかけての日本海を大黒丸が乗り切ることができるかどうか、そして、金沢と京に向けた荷の積み下ろしが安全な内海一箇所でできないものかと考えてのことだ。

金沢には巨船の大黒丸が泊まれる外港はなく、海が荒れる犀川《さいかわ》沖では荷揚げ荷下ろしは不適当だ。

そこで京に近く北前船の立ち寄り湊《みなと》として栄えた若狭小浜の海に総兵衛は狙《ねら》いをつけた。

小浜なれば、堅海《かつみ》半島と大島半島が両腕を差しだすように囲み、荒海から内海を守っていた。それに切り立った内海の地形も複雑で小浜城下に怪しまれることなく、荷積みができる岬や浜がいくらもあった。

総兵衛は荷揚げの時間の短縮を考えて、金沢からの荷は予《あらかじ》め陸路なり海路なりで小浜沖に運びこみ、京の品と一緒に一気に船積みすることを主船頭の忠太郎に、そして、取引先の京のじゅらく屋、金沢の御蔵屋に前もって知らせていた。

総兵衛の頭には、異国との交易から戻ってきた大黒丸が一旦淡路島福良湊《ふくらみなと》に立ち寄り、京への荷を下ろし、さらに相州深浦の船隠しで江戸の荷を下ろして、さらに金沢に回る手間よりは、小浜経由で京と金沢の荷を一気に下ろした後、津軽海峡を越え、相州深浦に戻ってくる最短の海路の開発があった。

金沢の御蔵屋が弁才船《べざいせん》を用意して小浜湊に待ち受ければ、大黒丸から直接荷積みができる。

金沢沖に戻った弁才船は犀川を遡《さかのぼ》って、御蔵屋の店がある犀川大橋の河岸まで直接乗りつけることができるのだ。

一方、京のじゅらく屋は小浜から十八里の鯖街道を陸路で輸送しなければならない。大量の異国の品々を花折峠の難所を越えて運ぶのは、大変危険だ。

だが、小浜から保坂を経由して、九里半越え（今津街道）で今津に運び、舟運を利用して琵琶湖を縦断して大津に輸送できれば随分と楽になった。

「船頭さん、今津と大津には昔から舟運がございますかな」

「それはよ、太閤《たいこう》秀吉様の時代から、若狭よりの往来の商荷物等の事、先々の如く当浦（今津）へ相着けるべし、といってな、日本海の荷の集積を今津に限って以来、若狭、九里半越え、今津から大津への舟運で京、大坂への運び込みは開けてきたがねえ」

「なるほど、昔からの交通路でしたか」

総兵衛は帆かけ舟に乗ったことで一つの輸送手段を考えついたと思ったが京の商人なら周知の道だという。

「京呉服の老舗《しにせ》のじゅらく屋様はときに琵琶湖舟運を利用されますかな」

「じゅらく屋さんはとっくの昔から商いに使われておりますがな、それでも細々としたものでした。それが近頃大津の船問屋の当麻屋《たいまや》さんに新造の丸子船を預けられたという話だ。商いを広げられるのかねえ」

と船頭が答えた。

（さすがにじゅらく屋さんのやられることとだ）

手抜かりはないと総兵衛は苦笑いしたものだ。

総兵衛は、今津に帆かけ舟が到着したところで手代の駒吉に別働での仕事を命じた。

後から来るはずの道三河岸一味に対しての工作だった。そこには捕縛された箕之吉が同行しているはずだ。

駒吉は今津湊から、

「奇妙な巨船が小浜の堅海半島の双児島沖に停泊している」

という類《たぐい》の噂話《うわさ》を撒《ま》き散らしながら、先行する総兵衛を追っていった。

総兵衛はその夕暮れ、小浜湊で対岸の小浜城を饅頭笠《まんじゅうがさ》の縁を上げてみていた。

京極高次《きょうごくたかつぐ》は小浜藩主になるや北川と南川の中洲《なかす》に雲浜城《うんぴん》（小浜城）の建設を始めた。

だが、城建設の志半ばの寛永十一年（一六三四）、京極氏に代わって酒井忠勝《さかいただかつ》が武州川越から入封して、新しい藩主の地位に就いた。

領地は若狭一国と越前国敦賀郡《つるが》、近江《おうみ》国高島郡の一部など十一万三千五百石の版図《はんと》を領有していた。

総兵衛が見る小浜城の主《あるじ》は五代の酒井忠音《ただおと》である。

河口の中洲に建築された、海を望む城が初冬の濁った光に浮かんでいた。

総兵衛は饅頭笠の紐《ひも》を解くと、どこぞで小舟を調達せねばなるまいが、

(見ず知らずの土地のこと、どうしたものか)

と思案していた。

双児島沖に行くには舟しか手立てはない。だが、もし、大黒丸が停船していれば、雇った舟の船頭に疑惑を抱かせることになる、そのことを案じたのだ。

「そ、総兵衛様ではありませぬか」

海に止められた伝馬船《てんません》から驚きの声がかかった。

総兵衛が見おろすと手代の稲平が、

(まさかこのようなところに総兵衛様がいるはずもない)

という顔で見あげていた。

「稲平か。大黒丸は無事小浜沖に到着したということだな」

「はい、二日前に到着しまして、つい最前金沢と京の荷積みが済んだところに

ございます」

「総兵衛にも運が残っていたと思えるな」

総兵衛が嘆息し、

「稲平、買い物か」

「番頭の又三郎さんの供で船問屋に最後の支払いをしに来たところでございます」

「ならば風神の帰りを待つか」

稲平が二丁櫓《ろ》の伝馬船を総兵衛の立つ石垣の下に寄せ、総兵衛は伝馬船に飛び移った。

「総兵衛様、独り旅でございますか」

「駒吉が一緒じゃ」

「おや、綾縄《あやなわ》小僧が小浜入りしておりますか」

というところに三番番頭の風神の又三郎が戻ってきて、

「総兵衛様」

とこちらも絶句し、

「主船頭の忠太郎様は、総兵衛様を小浜に迎えるとは申されておりませんでしたが」

と不審な顔をした。

手にはなぜか大徳利をぶら提げていた。

「忠太郎も知らぬ」

「異変にございますか」

うむと頷《うなず》いた総兵衛が、

「明朝には出航じゃそうな」

「はい、その予定で動いております」

伝馬に乗りこんできた風神の又三郎と稲平に、

「おれが小浜に出張《でば》った理由はあとで話す。そろそろ駒吉が小浜に着いてよい刻限だ。おれとは湊で合流しようということになっておる」

と言った。

「ならば、私が若狭街道の入り口に走って参ります。しばらくお待ちを」

と声を残した稲平が伝馬船から姿を消した。

「風神、持参しておるのは酒か」

「おおっ、気が付かぬことでした。船問屋の番頭が今後ともよしなにと伏見の上酒をくれましたので」

と徳利を差しだした又三郎が、

「おや、これは茶碗もございませぬな」

と困った顔をした。

「ちと行儀は悪いが、徳利から直《じか》に飲もうか」

栓を抜いた総兵衛は、大徳利に口をつけた。

ごくりごくり
と総兵衛の喉《のど》が鳴り、

「風神、九里半越えで喉がからからに渇いておるところに上酒じゃぞ。これはもう堪《たま》らん、甘露とはこのような酒であろうな」

総兵衛はそういうともう一度口をつけた。

ふうーっ
と大きく満足の息を吐いた総兵衛は、

「風神、大黒丸の乗り心地はどうか」

と訊いた。

「総兵衛様、大黒丸の臥所《ふしど》に眠るとき、なぜか母の胎内に抱かれた己を感じます。どのような荒波にも母が守ってくれるようで安心にございました」

「それはなにより」

「総兵衛様、改めてお礼を申します」

と大黒丸に乗り組めたことを感謝した。

「北回りはどうか」

「さすがに名にし負う津軽海峡に佐渡の荒海にございますな。小さな嵐《あらし》にも遭遇しましたが、大黒丸は平然と航海を続けてございます。厳寒の季節や野分けの到来時を除けば、北回りの定期航路も開けましょう」

「それを聞いて一安心したわ」

総兵衛は、三度大徳利に口をつけた。

船着場に二つの影が浮かんだ。

手代の稲平と駒吉だ。

「若狭姫神社の前で出会いましてございます」

と稲平が総兵衛に報告した。

「総兵衛様、ご命どおりに伝馬宿なんぞで噂を振り撒いて参りましたよ」

と駒吉が復命した。駒吉も大黒丸に接触できたというのでほっと安堵《あんど》の様子を全身に漂わせていた。

「風神、伝馬で大黒丸の仮泊地の双児島までどれほどか」

「総兵衛様、予定した双児島よりも半里も北に上がった泊《とまり》にほどよい寄港地が見つかりました。二丁櫓で半刻《はんとき》はかかりましょう」

「よし、なれば、大黒丸に参ろうか。その先のことは忠太郎らと相談の上、動こうぞ」

「はっ、駒吉、休んでいなされ」

と風神の又三郎が畏《かしこ》まり、二番櫓を取ろうとした。

「番頭さん、それは困ります。手代の仕事にございますよ」

と稲平の二番手の櫓を駒吉が奪い取るように握った。

又三郎は長旅をしてきた駒吉の身を案じたのだ。

又三郎と駒吉、これまでも無数の御用旅をして相手の心模様を互いに読み取ることができた。

夜の海に明かりを点した二丁櫓《とも》が漕《こ》ぎだされ、舟足を上げた。

大黒丸の船影が堅海半島の泊の集落の沖に見えた。

泊は漁の最盛期に一時的に漁師宿ができるだけで秋口から冬場は住人はおらぬという。

「大黒丸はどこにいても堂々としておりますな」

駒吉が感動して洩《も》らした。

「明夜明け前に出帆する予定にございましたゆえに泊沖に移してございますが、泊の北に恰好《かっこう》の船隠しの入江がございまして、そこに停泊しておれば、まずだれにも見つけられることはございますまい」

と又三郎が暗く伸びる半島の左手をさした。

その又三郎が立ちあがり、船行灯《あんどん》を虚空《こくう》に回して大黒丸へ帰着を伝えた。

二丁櫓の伝馬が大黒丸の高い船腹に横付けされ、総兵衛の巨体が縄梯子《なわばしご》をす

るすると上がっていった。すると、

「総兵衛様！」

と驚きの声があちこちから上がった。

伝馬を出迎えた主船頭の忠太郎も呆然《ぼうぜん》としていた。

「忠太郎、ちと仔細《しさい》があって陸路そなたらの後を追ってきた。まあよくもぎりぎりで大黒丸の出船に間に合ったものよ」

と総兵衛も心から嘆息した。

「まずは中へ」

忠太郎はすぐに主船頭の船室へと総兵衛を案内しようとした。

「風神を呼べ」

「はっ」

大黒丸の主船室に総兵衛が落ちつくと、まず初代鳶沢成元の掛け軸のかかる神棚に拝礼して、大黒丸との邂逅《かいこう》を感謝した。

「いやはや、驚きましてございます」

と言う忠太郎と又三郎の二人、大黒丸の幹部が鳶沢一族の頭領の前に畏まった。

総兵衛は頷くと、

「大黒丸の身辺に異変を感じぬか」

と訊《き》いた。

「ただ今のところ何の邪魔もなく、順調な航海を続けておるように思えますが」

一抹の不安を顔に漂わせた忠太郎が助船頭の又三郎を見た。

又三郎もまた、

「私も格別」

と否定した。

「またぞろ道三河岸が蠢動《しゅんどう》なされてな」

とこれまでの経緯を二人に語り聞かせた。

「なんとまあ、空恐ろしいことが……」

話を聞き終えた忠太郎が呻《うめ》いた。

「大黒丸の行く手になにが待ち受けているのでございましょう」

又三郎が総兵衛に言った。

「それを知るのはただ一人、馬籠峠で捕囚になった箕之吉のようだ」

「となれば、なんとしても箕之吉さんを奪還する必要がございますな」

「おれは道三河岸の連中がこの小浜に来るような気がしてならぬ、大黒丸を確かめにな」

「総兵衛様、大黒丸の出帆をまず延期せねばなりますまいな」

「さよう、その上で小浜城下と大黒丸周辺に網を張って待ち受ける。おれと駒吉が馬籠峠から一気に馬を乗り継ぎ乗り継ぎしてようよう今日到着した。箕之吉をつれた奴《やつ》らの足取りはもっと遅かろう」

「姿を見せるのは二、三日後と見てようございますか」

「そんなところかのう」

「ならば手筈《てはず》を整えます」

と立ちあがりかけた又三郎を総兵衛は制した。

「今ひとつ、懸念《けねん》がある」

「なんでございますな」

「箕之吉は大黒丸に乗船したがゆえにわれらの秘密もおぼろに承知しておろう。それだけに自らを律して注意深く行動してきたことは此度《こたび》の追跡行で分かった。だが、分からぬのは、なぜ箕之吉は大黒丸の危難を知り得たかだ。おれは道中、そればかりを考えつづけて参った」

「答えが出ましてございますか」

忠太郎が訊いた。

「一つの答えに行き着いた」

「それは……」

「この先、大黒丸がどのような危難に出遭うとしても、すべて広々とした海の上のことだ。砂浜に落ちた針を拾うより、大海原を行く大黒丸に遭遇する方が難しいぞ」

「まったく」

「となれば考えられることはただ一つ、大黒丸の乗り組みの一員に道三河岸に繋《つな》がる者が乗船しておるのではないか」

「それはございませぬ！」

「すべて一族の者にございまする！」

二人の幹部が同時に叫んだ。

「この総兵衛も何度も反問した。だが、箕之吉が己の命さえ忘れて大黒丸を守ろうとし、富沢町にもなにも告げずに一人旅を続けてきたのは、その気配を感じたからではあるまいか。そうおれは結論づけた」

座に重い沈黙が支配した。

鳶沢一族は血の結束を守りつつ、初代鳶沢総兵衛成元が神君家康公と約定してきた、

「御奉公」

を務めてきた集団だ。

これまでだれ一人として一族を裏切り、敵方に寝返った者はいなかった。それを総兵衛は、

「ある」

と言っているのだ。

「忠太郎、又三郎、この大黒丸の行き先を知る者は、乗り組みの人間だけだ

ぞ」

「それは仰《おお》せのとおりにございます。ですが……」

「おれの結論も仮《かり》ならば、そなたらの否定も仮のものだ。どちらが正しいか、箕之吉を取り戻せばはっきりとしよう」

二人の腹心が不安な顔で頷いた。

「さてそこでこれからの行動じゃ」

その夜、幹部三人の合議は遅くまで続いた。

三

総兵衛はふいに大黒丸に辿《たど》りついて以来、船室に籠《こも》り切りで皆の前に姿を見せることはなかった。

それは艫櫓《ともやぐら》下の、賓客が乗船したときに使われる十畳ほどの広さの二之間付きの船室だった。

会えるのは主船頭の忠太郎だけで江戸から随行してきた駒吉さえも顔を合わ

せることは適《かな》わなかった。そして、水夫《かこ》たちの間に密《ひそ》かに、

「総兵衛様は病に倒れられた」

「江戸から無理して旅してきたせいだ」

という噂《うわさ》が流れた。

だが、大黒丸の乗組員の一部は、噂のみに暇を潰《つぶ》しているわけにはいかなかった。小浜に上陸し、若狭街道の入り口を中心に捕囚の箕之吉を伴った道三河岸の一味が到着するのを二人一組で待ち受けていた。

この捜索には手代の駒吉も加わっていた。

その相方は明神丸から大黒丸に乗り移ってきた錠吉《じょうきち》父つぁんであった。

老練な水夫はむろん鳶沢一族の出で、駒吉が鳶沢村から江戸上がりするときには、もう明神丸に乗り組んで江戸と上方を往来していた。そして、久能山《くのうざん》沖に明神丸が停泊したときなど、真っ黒な顔を鳶沢村に見せ、子供の駒吉らに、

「ほうれ、京の駄菓子じゃぞ、食え」

と甘いものなどをくれた。

あの幼き思い出から十五年近くの歳月が過ぎ、錠吉父つぁんの陽に焼けた顔

には一段と深い皺《しわ》が刻みこまれていた。

当然のことながら大黒丸に乗り組む一族の最長老だが、駒吉は、錠吉父つぁんが何歳になるか知らなかった。

「父つぁん、鳶沢村にいつ帰ったねえ」

錠吉は、小さな神社の境内から若狭街道を見詰めながら、

「親父《おやじ》の法事に戻ったな」

「いつのことだ」

「さあて、八年前かねえ」

「明神丸も大黒丸も久能山沖に停まることもある。なぜ村に寄らない」

「おれは海が好きだ、船が好きだ」

ぼそりと呟《つぶや》く言葉に駒吉は父つぁんが独り者であったことを思い出した。

「父つぁんは富沢町で奉公したことはないのか」

「先代の総兵衛様のころ、半年ばかり小僧の真似事《まねごと》をした」

「昔の話ですね」

「遠い昔だ。今の総兵衛様が二歳になったか三歳になった、そんな頃の話だ」

と過去の記憶を辿るような顔をした錠吉は、

「先代がおまえはお店《たな》奉公には向かぬ、船に乗れと命じられた」

「以来、波の上が父つぁんの家か」

「先代はよう見ておられた、おれは海が性に合うておる」

と錠吉は言い切った。


その刻限、総兵衛は大黒丸の船室で大きく広げられた紙を見ていた。そこには大黒丸に乗り組む二十五名の名が記されていた。

主船頭　分家嫡男《ちゃくなん》鳶沢忠太郎
助船頭　又三郎
補佐方　稲平
操船方　新造《しんぞう》
舵《かじ》取り　武次郎《たけじろう》
帆前方　正吉《しょうきち》
砲術方　恵次《けいじ》

砲術方　加十《かじゅう》
見習　芳次
　善三郎
水夫頭《かこがしら》　伍助《ごすけ》
補佐方　錠吉
水夫　喜一《きいち》
　則次郎《のりじろう》
　梅太郎
見習　勇次《ゆうじ》
　弁松《べんまつ》
荷方頭　勝之助
荷方　林三
　和吉
　玉太郎《たまたろう》
　銀次

炊方《かしきかた》　彦次《ひこじ》
見習　竜次郎
船大工　與助
主船頭以下、二十四名は鳶沢一族の者で船大工の與助のみが統五郎親方の弟子だった。とはいえ統五郎親方が推薦する以上、人物も技もしっかりしたものと考えてよかった。
だれ一人として道三河岸に通じている者など見当たらなかった。
だが、総兵衛は乗り組みの者の協力なくして大海原をいく大黒丸への奇襲が成り立つとも思えなかった。
ふーう
と総兵衛は重い溜《た》め息《いき》をついた。
厚い板戸が叩《たた》かれた。
「忠太郎にございます」
「入れ」
入室してきた忠太郎が机の上に広げられた紙を見て、

「だれぞ気がかりな者がありましたかな」

と訊いた。

「おらぬ」

と呻《うめ》いた総兵衛が、

「おれの考えすぎか」

と自問した。

それには答えず忠太郎が、

「総兵衛様、富沢町からの早飛脚にございます」

と懐《ふところ》から小浜の飛脚屋気付けで出された笠蔵の手紙を差しだした。

「総兵衛様が見えられ、出帆を延ばしたゆえに手紙を受け取ることができましたな。又三郎が飛脚屋に顔を出して引き取って参りました」

むろん手紙の宛名《あてな》は忠太郎だ。

「読ませてもらおう」

総兵衛が断ると封を披《ひら》いた。

〈忠太郎殿ご一統様　手紙がそこもとに届くや否や懸念致し候《そうら》えども取り急ぎ

一筆認《したた》め候《そうろう》。総兵衛様駒吉二人、小浜湊に急行致し、大黒丸と合流されんものと推測致し居り候が何分旅の途次ゆえ、総兵衛様より書状一通を上州草津から受け取りしばかりにて、その後の行動不分明につきそなた宛て早飛脚を仕立て申し候。

総兵衛様急ぎ旅は、影様の知らせもありて、新たに道三河岸の手延び来たる事明らかになりたる故に候。総兵衛様、道三河岸が狙《ねら》いを定めしは一族の外の者、箕之吉と思い当たられ、統五郎親方を訪ねられし所、箕之吉、帰郷の最中と判明致し候。

この帰郷、道三河岸に誘いだされてのことなるか探索のため駒吉を伴い伊香保村に急行なされしが、箕之吉すでに草津へ転じ、総兵衛様らさらに追跡致され候。その草津より総兵衛様の手紙を受け取りしが、それによれば推察のとおり箕之吉に危難迫れりとの事。また伊香保にて密《ひそ》かに箕之吉に会いし妹おさんは箕之吉が、大黒丸が危難に見舞われるやも知れず大黒丸に知らせに行くと告げたりと総兵衛様に語りしとの事。この件は大黒丸の構造の不備を箕之吉が気づきしか、はたまたなにか格別な方法によりて大黒丸の危難を予測せしか不明なれど、その後、総兵衛様らの行方、不明にて富沢町にては些《いささ》か不審に考え居り候。

さて、江戸にては国次と清吉を相州浦郷村に派遣、大黒丸の出船前後のことを調べたるに、村娘おときが大黒丸出帆前夜から出船前後にかけ箕之吉の姿を認めおりし事を供述。その際、箕之吉が、此度《こたび》の大黒丸は北に向かうのだと、津軽海峡を抜けて加賀金沢沖から若狭小浜湊沖に立ち寄り、京と金沢の荷積みをするのだとよ、大黒丸が平戸島沖に仮泊して、西海へと抜ける姿がみてえよ、いや、乗り組みてえなと、嘆く言葉を偶然にも耳にしたる事も判明。この小浜湊立ち寄りの一件は総兵衛様の推量とも符号しおり候。極秘たるべき大黒丸の進路が漏洩致したる段、由々しき事態なるをもって早飛脚にてそこもとへ急ぎ告知致し候。

また国次、清吉の推量によれば、大黒丸の見送りに行きし箕之吉、帰路に道三河岸の手の者に見つかり不審に思われしゆえ、竹町河岸まで追尾され、その身許《みもと》が判明。そこで大黒丸の全容とわれら大黒屋の商いの実態を暴かんと伊香保へと誘いだされしものなるかと推察致し候。この説、笠蔵も捨て難く存じ、付記致し置くものに候。ともあれ、江戸にては情報が不足にてなんらの手立ても取れぬ現状、もどかしく思い居り候。

忠太郎殿、神仏の加護によりて総兵衛様と再会されし節は、手紙の一件、お伝え下されたく切に願い申し上げ候。また大黒丸の行く手にはいかような暗雲が立ちこめしか知らねど、そなた様方の武運長久を毎朝夕に祈願致し居る事、最後に記して筆を擱《お》くものに候　富沢町薬草園主人〉

大番頭の笠蔵の道楽は富沢町の庭の一画で薬草を栽培し、それを漢方薬に仕上げて奉公人たちに強引に勧めることだった。

総兵衛の手から忠太郎に手紙が渡された。

一読した忠太郎の顔色が変わった。

「なんとこのようなことが……」

と絶句して最後まで読み終えると、

「総兵衛様、真《まこと》にもって迂闊《うかつ》なことにございました」

と平伏した。

「忠太郎、箕之吉を奪還して取り戻した後、いかにしてそなたらの密談が箕之吉に伝わりしか、判明しよう。その前になんぞ思いつくことがあるか」

忠太郎が虚空《こくう》に両眼を預けて必死の形相で考えた。

「総兵衛様、私が助船頭の又三郎、操船方新造、帆前方正吉、水夫頭の伍助を呼んで、北回りを指示したのは出帆前夜、いえ、もはや碇《いかり》を上げるのが数刻《とき》後に迫った深夜のことにございました。主船頭の部屋も最後の荷積みや点検で水夫たちの出入りが激しくございました。そこで私は人影のない艫櫓上に四人を呼んで、北回りと小浜湊寄港、平戸島沖立ち寄りを告げたのでございます。もし箕之吉がわれらの言葉を聞いたとしたら、このときしかありえませぬ」

忠太郎の顔は蒼白《そうはく》のままだ。

「出船前の慌《あわ》ただしき中とはいえ、ちと迂闊であったな」

「申し訳ございませぬ」

平伏する忠太郎に、

「忠太郎さんや、これが敵方なれば、われら揃《そろ》って腹を斬《き》らねばならぬところだが、箕之吉でまずよかった」

「でもございましょうが、箕之吉が敵の手に落ちた今となっては、敵方に聞かれたも同然にございます」

「まずは箕之吉を奪還することが先決」

「されど主船頭の責任は免れようもございませぬ。総兵衛様、いかような処分もこの忠太郎、甘んじて受ける覚悟にございます」

「航海の途中に主船頭がいなくなっては、船は進まぬわ」

と受け流した総兵衛が、

「箕之吉め、われらをかき回してみせることよ」

と苦笑いした。

その夕暮れ、箕之吉は馬の背に揺られながら、若狭街道の水坂峠を下ったあたりで街道を外れ、裏道を抜けようとしていた。

若狭と近江の国境の宿場は交通の要衝として、また米、肥料、魚などの物資が運ばれた中継基地として栄えてきた。

そのゆえにここには峠寄りの集落大杉に小浜藩の関所があった。

菅笠《すげがさ》に黒衣の馬子《まご》は白髪《しらが》の臑造《すねぞう》だ。

箕之吉は五体のどこを縛《いまし》められているわけでもない。

だが、馬籠峠で膃造に捕縛された後、木曽《きそ》川河原の小屋に連れこまれ、長い間、呪法《じゅほう》のようなものをかけられた。

呪法をかけられてしばらくは意識ははっきりとしていた。そのうちに体が左右にぐらぐらと揺れ動いて、ついには体が重だるくなって口を利《き》くのも億劫《おっくう》になった。

膃造が問うた。

「箕之吉、どこへ参る所存か」

「わかさおばまみなと」

箕之吉は気《け》だるく答えた。

「なにしに参るな」

「だいこくまるをみにいく」

「見てどうする」

「だいこくまるをわるいやつらがおそう、とめなければならぬ」

「大黒丸を悪い奴《やつ》らが襲うとどこで知った」

「とめねばならぬ」

このとき、箕之吉の脳髄は鵬造によってかけられた呪法に攻め立てられて、なにかを答えなければという気持ちになっていた。

だが、その瞬間に一つの光景が浮かんだ。

箕之吉の頭に一人の人物が生まれていた。

旅塵《りょじん》に汚れた墨染めの衣に饅頭笠《まんじゅうがさ》の僧侶《そうりょ》が馬に乗って駆けていく姿だ。

（あれはやっぱり大黒屋総兵衛様だ）

（江戸におられるはずの総兵衛様はどこへ行かれるのか）

（小浜湊に行かれたのだ）

（となれば総兵衛様は大黒丸の危難を承知なのであろうか）

（わからぬ。だが、総兵衛様は小浜におられる）

自問自答する箕之吉に、

「大黒丸はどこで襲われるな」

と鵬造が訊《き》いた。

「おおきなうみがみえる、だいこくまるもみえる……」

箕之吉の体が左右に激しく揺れ始め、激しい頭痛が襲い、

がくり
と首を垂れて意識を失った。

「ちえっ、こやつ未《いま》だ雑念を頭に持っておるわ」

と臑造が吐き捨てた。

箕之吉が次に意識を取り戻したのは馬上だった。

馬の鞍《くら》の上でゆらゆらと旅しながら宿場の、峠の、川の光景が流れて、どこかの船着場では船に乗せられた。

時がゆるゆると流れていきながら、ひたすら鞍上《あんじょう》で過ごしてきたのだ。

ふいに箕之吉の視界に何丁も続く宿場町が現れた。

夕刻の店仕舞いの看板には、
さらし葛《くず》
とあった。

上ノ町、中ノ町、下ノ町と過ぎて、箕之吉の耳に用水路を流れる水音が響いて残った。

熊川《くまがわ》宿を出ると街道を闇《やみ》が覆《おお》った。

だが、儒造は馬の手綱を引きつづけた。

熊川宿から小浜湊への道中、松永川と遠敷《おにゅう》川が出合う一帯は、遠敷の里と呼ばれ、日本海側の古《いにしえ》の文化の揺籃《ようらん》の地であった。

松永川を南に遡《さかのぼ》ると、大同元年（八〇六）に征夷《せいい》大将軍坂上田村麻呂によって創建されたと伝えられる明通寺《みょうつうじ》があった。

真言宗御室派《おむろは》の名刹《めいさつ》は、杉の古木に包まれて荘厳《そうごん》な伽藍《がらん》を見せていた。

この他にも遠敷谷には奈良時代に創建された寺院が林立して、海の近くの、

「浄土」

を再現していた。

儒造が手綱を引き、箕之吉が乗る馬が遠敷の里に差しかかったとき、この年、初めての雪がちらちらと舞い始めた。

ちえっ

と儒造が吐き捨てた。

「箕之吉、おめえの楽土は小浜止まりだぜ」

「なにがでございますか」

「馬籠峠から随分と楽をして旅をしてきたじゃないか。その分のお代を払って貰《もら》うといっているのさ」

箕之吉が答えるまでにはしばし間があった。

「おだいとはなんでございますな」

「おめえはなぜ大黒丸に執着する」

鞍上の箕之吉が、

うふふふっ

と笑った。

「なにがおかしい」

「おまえさんはふなだいくのきもちがちっともわかっておらぬ」

「船大工の気持ちじゃと」

「だいこくまるはおやかたをはじめ、われらがせいこんこめてつくったふねだ。あんなふねをつくるきかいなどめったにあるもんじゃない」

「船に惚《ほ》れたというか」

「そうじゃあ、おれはだいこくまるにのっていたかったぞ」

「箕之吉、大黒丸にて何処《いずこ》に参ったな」

「だいこくまるがさんだんのよこほをひろげてはしるさまをみせてやりたいものじゃあ」

「箕之吉、そなたの頭を支配する者はだれか」

「おれのあたまだと、それは……」

と箕之吉が答えかけたとき、白髪の臑造の足が止まり、手綱が引かれて、馬が停止した。

四

薄墨の衣の肩に雪が止《とど》まっていた。

饅頭笠にも白いものが積もっていた。

巨軀《きょく》である。

左手に一本刀を提げていた。

白髪の臑造は、

ふうーっ
と吐息をつくと、

「大黒屋総兵衛か」

と呟《つぶや》いた。

巨岩がゆらりと動いて、白髪の臑造と馬に乗せられた箕之吉のところへ歩いてきた。

「箕之吉を捕縛した人間が一人だったとはのう。馬籠峠から二人で旅をしてきたか」

箕之吉は首《こうべ》を垂れて鞍上に跨《また》がっていた。縛めの紐《ひも》一本も見当たらなかった。

だが、手綱を引く男の支配下にあることは明白だった。

総兵衛は箕之吉の開けられた両眼に力がないことを、意識を五体の外に飛ばしていることを承知した。

「そなたの名は」

「白髪の臑造」

しわがれ声が洩《も》れた。

「大老格柳沢吉保様の密偵か」

臑造が頷《うなず》いて、

「大黒屋、隆円寺真悟の名に覚えがあろう」

「懐《なつ》かしき名じゃな。伊勢神宮は五十鈴《いすず》川の鉄砲水に押し流され、死んだはずの人物よのう」

「鳶沢一族の手の者、小僧の栄吉こと火之根御子《ひのもとのみこ》が起こした鉄砲水であったそうな」

「栄吉もあの折に死んだ」

「だが、隆円寺様は、五十鈴川の河口の浜にて鳶沢一族への恨みを抱いて生きておられた」

「驚き入った次第かな」

と応じた総兵衛の返答は淡々としていた。

「放れ忍び、白髪の臑造、世を拗《す》ねて生きてきたが今生《こんじょう》の別れに鳶沢一族に一泡吹かせたくなってな、隆円寺真悟様の手伝いを致すことに相なった」

「放れ忍びなれば、放れ忍びを全うするが天に示されたる道とは思わぬか」

「その考えを捨てさせたは、鳶沢総兵衛と一族の者たちの高慢ちきな暗躍よ。ちと放れ忍びには目障《めざわ》りでな」

「大老格どのの足下に加わったというか」

「松平美濃《みの》（柳沢吉保）様の野心などどうでもよきこと、隆円寺様の恨みを討つ手助けがしとうてな」

主《あるじ》は柳沢吉保ではなく、隆円寺真悟と臑造は宣言した。

「さて白髪の臑造、そなたらは大黒丸を南海の海底の藻屑《もくず》とする気か」

「それもまた柳沢様の考えであろう。おれは大黒屋総兵衛なる商人と鳶沢勝頼《かつより》の隠れ旗本の二つの顔を使い分ける人物の命に関心があるだけよ」

白髪の臑造が馬の手綱を放した。すると馬は臑造の意思を酌《く》んだように二人の対峙《たいじ》する場所から数間離れた。

腰に忍び刀を差しこんでいた臑造が鞘《さや》ごと抜いて、左手で四角の鍔《つば》あたりを握った。

それに対して総兵衛は三池典太光世《みいけでんたみつよ》を墨染めの衣の丸帯に差しこんだ。

雪は静かに降りつづいていた。

月もなく星明かりも照らさない遠敷の里に降り積もった雪が二つの対決する影をくっきりと浮かびあがらせていた。

菅笠《すげがさ》の下の臑造の顔は尖《とが》った顎《あご》が見えるばかり、雪明かりにも臑造の双眸《そうぼう》は隠されていた。背丈は五尺一寸（約一五四センチ）余りか、細身は全身鏨《たがね》のように研ぎ澄まされていた。

左手の忍び刀の鐺《こじり》が総兵衛の胸に向かって静かに突きだされた。

総兵衛は三池典太の柄《つか》に未だ手をかけてはいなかった。

ひゅうっ

臑造の喉《のど》から野分《のわき》のような風音が響いた。すると白いものを纏《まと》い始めた杉木立から鈴の音が響いて、明通寺と書かれた饅頭笠に黒衣の僧侶の一団が静々と姿を見せた。

真言宗御室派の修行僧と紛《まご》う一団は蛇のように一列になって進み来て、総兵衛を中心に渦を巻くように囲んだ。

幻影、と総兵衛は分かっていた。だが、総兵衛を臑造の分身が囲んでいるのも確かなことであった。

「臑造、小賢《こざか》しき手を使いおって」

総兵衛が三池典太を抜き放つと左手一本に扇子のように横に突きだして、渦巻きの先頭の僧侶にするすると向かっていった。

饅頭笠の縁が上げられた。

顔が見えて固く結ばれた口元の筋肉が、
ぴくり
と動いた瞬間、総兵衛はその場に片膝《かたひざ》をついた。

その頭上を含み針が無数の光と化して飛んでいった。

総兵衛の三池典太が相手の臑《すね》に向かって閃《ひらめ》き、薙《な》いだ。

げえぇっ！

両の臑を葵《あおい》典太の異名を持つ二尺三寸四分の刀身が撫《な》で斬《き》り、片膝をついたままの姿勢で、血に濡《ぬ》れた刃が虚空《こくう》に跳ね上げられた。

悲鳴を上げて先頭の修行僧が横へと倒れこんだ。

蛇の頭を潰《つぶ》した総兵衛は、胴体へと進みながら左へ右へと斬り分けた。

そこでようやく立ちあがった総兵衛の口から、

〈花に戯《たはむ》れ枝に伏し転《まろ》び、げにも上なき獅子《しし》王《わう》の勢ひ、靡《なび》かぬ草木もなき時なれや……〉

と能楽「石橋《しゃっきょう》」の一節が流れでて、雪を纏《まと》った墨染めの衣がひらひらと舞い、典太が一閃《いっせん》するたびに幻影の修行僧たちが倒れ伏した。

ひゅうっ

再び乾いた喉笛が鳴って、蛇踊りの一団の姿が消えた。

総兵衛の周りに寒々とした風が吹き、雪を渦巻くように舞い散らした。

視界が閉ざされた。

「鳶沢総兵衛勝頼、死なせるには惜しや!」

白髪の鷹造が叫ぶと忍び刀の鐺を振った。すると一条の鉄鎖が、

するする

と総兵衛の首筋に伸びて絡《から》んだ。

鷹造が鍔元をぐいっと手前に引いた。

ぴーん

と張られた鉄鎖がさらにきりきりと引き絞られた。

謡《うたい》が途絶えた。

総兵衛の顔が苦悩に赤らんだ。

風が止《や》み、細い鉄鎖の先に白髪の鵬造の尖った顎が見えた。

鵬造が顎を上げた。すると菅笠の下に隠された両の眼が見えた。血走って細い双眸が冷たい光を放っていた。

一旦《いったん》引き絞られた鵬造の右手の力が一瞬抜けて、次の瞬間には前に倍する左手の大力で引かれた。

くいっ
と総兵衛の首が絞まり、鵬造のそばへと引き寄せられていった。

抵抗しようにも息が止まり、身動きができなかった。

「鳶沢総兵衛勝頼、そなたの得意の落花流水剣とやらを舞ってみよ」

鵬造の声が遠くで響いた。

一絞りごとに総兵衛は蜘蛛《くも》の糸に絡まれた虫のようにじわじわと生を殺《そ》がれ、糸に包まれていこうとしていた。

いつの間にか白髪の鵬造の剣は引き抜かれ、右手に鞘《さや》から伸びた鉄鎖を、左手に刃を翳《かざ》して、引き寄せた総兵衛の首筋を掻《か》き斬ろうと待ち受けていた。

総兵衛の意識が混濁してきた。

(死するか、総兵衛)

哀《かな》しみも寂しさも浮かばなかった。

また一歩、死に近づいた。

その瞬間、脳裏に美雪の顔が浮かび、生まれくる子の顔がおぼろに見えた。

(死んではならぬ)

白髪の鬚造が最後の一手繰りをしようと鉄鎖に余裕を与えた。

その瞬間、総兵衛は力を抜くと鬚造の前へ自らよろめいていった。

鬚造の左手の刃が閃《ひらめ》いた。

総兵衛のよろめく腰にぴーんと力が蘇《よみがえ》り、三池典太が鬚造の振りおろす刃を弾《はじ》くと鉄鎖に繋《つな》がった鞘を持つ右腕の付け根を襲った。

うっ！

白髪の鬚造の口からこの言葉が洩れて、血飛沫《しぶき》とともに右腕が飛んだ。

総兵衛の首の鉄鎖が緩んだ。

臑造は血を振り撒《ま》きながら後方に宙返りを二度三度と繰り返すと総兵衛から間合いを取った。

総兵衛は鉄鎖を解き捨てた。

ふーうっ
大きく息を吐《つ》いた。

雪混じりの冷たい空気が肺に流れこみ、止まっていた血液が流れ始めた。そのせいで総兵衛の全身を心地よい痛みが駆けまわった。

「鳶沢総兵衛、許せぬ」

気息奄々《きそくえんえん》とした白髪の臑造の声が遠敷の里に流れ、総兵衛に視力が戻ってきた。

「臑造、どこへ参る」

「そなたを殺すために修行のし直しじゃぞ」

放れ忍びがこの言葉と右腕を残して、真言密教の里から消えた。

総兵衛はしばし呆然《ぼうぜん》と雪が降る中、立ち竦《すく》んでいた。すると馬が、
ひひーん

と嘶《いなな》き、

「ここはどこか」

という声が響いた。

「箕之吉、若狭小浜近くの遠敷の里よ」

馬上の箕之吉が僧衣の総兵衛を見おろし、

「総兵衛様じゃあ」

と呟いた。

「おう、いかにも大黒屋総兵衛じゃぞ」

「総兵衛様」

鞍《くら》から飛びおりた箕之吉はよろめいた。が、それでも必死に総兵衛の下に走り寄ってきた。力の入らない、ぎこちない動きだ。

「よう頑張り抜いたな」

「総兵衛様は私めのことをご存じでございますので」

「おう、承知しておるわ。そなたが伊香保村に親父《おやじ》どのの大怪我《おおけが》を名目に呼びだされたことから草津にお桃に会いに行き、二人して上田城下まで旅したこともな」

「なんとお桃のことも」

「おさんにもお桃にも会《お》うたわ」

と総兵衛は懐《ふところ》から草津の光泉寺のお守り札を出すと、

「そなたが白髪の黯造に襲われたとき、蓑《みの》といっしょに投げ捨てたものじゃな。お桃がくれた大事なものであろう、大切にいたせ」

と返した。

「なんと総兵衛様はすべてお見通しでございますか」

「箕之吉、ちと急ぐ。馬に乗れ」

「総兵衛様を差し置いて馬でいくなどできませぬ」

「そなたは黯造の幻術にかかっておった体じゃぞ。木曾路の馬籠峠から若狭まで夢遊のうちに運ばれてきたのだ。遠慮いたすでない」

総兵衛は強引に箕之吉を鞍上《あんじょう》に戻した。

「どこに参られるので」

「そなたは大黒丸を目指して来たのであろうが」

「やはり大黒丸は小浜沖に停泊しておりますので」

「箕之吉、そのことをどこでどうして知った」

箕之吉がふいに黙りこんだ。

「箕之吉、そなたが大黒丸恋しさに相州浦郷村の深浦の船隠しに行ったを総兵衛が知らずと思うか」

「な、なんとも申し訳のないことでございます」

「正直に告げよ」

はっ、はいと返事した箕之吉が喋《しゃべ》りだした。

「叔父を見舞いにいくと統五郎親方を騙《だま》して大黒丸を密《ひそ》かに見送りにいったのは確かなことでございます。大黒丸が出帆する前夜のことにございました……」

箕之吉は船隠しに浮かぶ大黒丸の船影を見ているうちに今一度船体に触れたい欲望を抑えかねた。そこで衣服を脱いだ箕之吉は、褌《ふんどし》一つで大黒丸へと泳いでいった。

大黒丸は数刻《とき》後に迫った出船の準備に大童《おおわらわ》で、箕之吉が船尾に泳ぎついたのを見逃した。なにしろ箕之吉は大黒丸建造に絵図面の段階から関わり、長崎に行き、南蛮船の構造などを研究してきた人物だ。その上、大黒丸の試走から前回の航海まで乗船した人間であった。

船の構造はもとより乗組員の動きまで熟知していた。

船尾の艫櫓《ともやぐら》から碇綱《いかりづな》が海中へと延びていた。それに触っているうちに箕之吉は少しでも船内を探訪したいという欲望に駆られた。

箕之吉は碇綱に取りついた。

少しずつ少しずつ這《は》い上っていった。あと一間半で艫櫓の舷側《げんそく》に手が届くところへ辿《たど》りついたとき、艫櫓に人の気配がした。

箕之吉は綱に縋《すが》ったまま、体を静止させた。

「又三郎、新造、正吉、伍助、そなたら四人に申し渡す事がある。此度《こたび》の航海、北回りにて津軽海峡を抜け、能登《のと》半島を迂回《うかい》して若狭小浜湾の双児島沖にて京と金沢の荷を積む。総兵衛様のご方針に従い、新たな航路を探すために大黒丸を北に進める、よいな」

「はっ」

「畏《かしこ》まりました」

と四人の幹部が承知した。

「主船頭、若狭小浜が此度の最後の日本の湊《みなと》にございますか」

助船頭の又三郎の声が問うた。最後の湊がどこか、食料や水の補給のための質問だ。

「平戸島に立ち寄る。あとは一気に琉球《りゅうきゅう》首里の泊湊を目指す」

「承知しました」

「碇を上げるは、七つ（午前四時頃）の刻限じゃぞ。準備は万端か」

「はい。七つまでにはすべてを終えます」

艫櫓での幹部会議が終わった。

「……私の耳にそのような話が入るとは想像も致しませんでした。私は自分の仕出かしたことに青くなり、大黒丸への潜入を諦《あきら》めて、再び船隠しを泳いで岩場に戻ったのでございます」

浦郷村の娘が目撃した箕之吉の行動と箕之吉の証言はほぼ一致していた。

「相分かった。箕之吉、そなたは大黒丸の出船を見送って江戸に戻ったのじゃな」

「はい」

「浦郷からの帰路じゃが、だれぞ怪しい人物には出会わなかったか」

「気がつきませんでした」

　と馬上の箕之吉は首を振った。

「江戸に戻って数日後、伊香保より豊松大怪我の知らせがあったな」

「総兵衛様、私は親方を騙して大黒丸の見送りにいったりするからこのような目に遭うのだと思いました。それでも親父の死に目だ、親方に里帰りをお願い申しあげました。親方は快く許しを与えてくれました」

　悔やむように言った箕之吉は、

「戸田川の渡しを過ぎて蕨宿《わらび》に向かう道中、ふと親父の大怪我を知らせる手紙をだれが書いたかと気にかかり始めたのでございます。なにしろ、うちでは親父もおっ母さんも字が書けねえ。書けるのは妹のおさんだけにございます。それなのに男の字にございました」

おさんの字は一緒に手紙を書いた仲だ、総兵衛も承知だ。

「うーむ」

「うちの周りを見渡してもあのように立派な字がかける人間など思い当たりません。ふとそのとき、こいつはおかしいぞと気づいたのでございます。そうやって、私の周りを見まわしますと江戸から一緒の侍たちや遊び人風の男たちに前後を挟まれているような気もしてきました」

「おう、それでどうしたな」

「大宮宿で旅籠《はたご》に泊まると見せかけて裏口に抜けて、脇《わき》往還を伝いながら伊香保に一気に駆け戻りました」

「だが、そなたは家には戻らず、伊香保神社の床下に寝泊まりしながら家の様子を窺《うかが》ったのじゃな」

「ようご存じだ。ああ、おさんが話したんだ」

「そういうことだ」

「総兵衛様、大怪我のはずの親父がぴんぴんしているのを見た私は、これは大黒丸の秘密を探らんとする一味がおれを捕らえようとしているのだと思いました」

「さすがに統五郎親方が大黒丸乗り組みの一番手に推挙しただけのことはあるわ」

総兵衛の褒め言葉に箕之吉が嬉《うれ》しそうに笑みを浮かべ、

「総兵衛様、大黒丸を造り、その上に船に乗ったことじゃあ、いろいろと勉強しましたよ」

「箕之吉、草津にお桃に会いに行ったな」

「へえっ、ひょっとしたらお桃ちゃんと会うのは最後かもしれねえと考えたからですよ」

「大黒丸に危難を告げにいく旅で殺されるやもしれぬと覚悟したか」

「へえっ」

箕之吉の返答は潔《いさぎよ》かった。

「箕之吉、総兵衛に理解ができぬのは、そのことよ。どうしてそなたが大黒丸の襲われることを知ったかだ」

「総兵衛様、まったく偶然のことでございますよ」

すでに二人は小浜城下外れ、発心寺の前にさしかかろうとしていた。

二人の周辺を取り囲む監視の輪があった。

総兵衛はそれが鳶沢一族の者たちと承知していたが、話に夢中の箕之吉は気がついていなかった。

「伊香保村に発《た》つについちゃあ、私も慌《あわ》てて荷を用意しました。ともかく大風《おおぶ》呂敷《ろしき》に親方夫婦がくれた手土産やら、これまで伊香保に送ろうとした細々したものや私の身の回りのものを包みこみましたんで。私の身の回りのものは大黒丸を下りたときから一纏《ひとまと》めにしてございました。そいつを担《かつ》いで私は、伊香保へと走りました。総兵衛様、先ほどの話に戻りますが私が伊香保で落ちついたのは、餓鬼の頃からの遊び場所の伊香保神社の床の下です。妹に会う前に包みを解いて整理したそのとき、私の持ち物ではないものが出てきました」

「同僚のものを間違えて伊香保に持ってきたというか」

「総兵衛様はもはや気がついておられましょう。そういうことでございます」

「話せ」

湊へ向かう道すがら鞍上の箕之吉は大黒丸の危難を知った理由を淡々と告げ

た。そして、

「こりゃあ、私の手で始末しなければ、総兵衛様にも親方にも具合が悪いと思いましたんで」

湊に着き、伝馬船《てんません》が浜に出迎えていた。そして、先ほどから密かに監視してきた風神の又三郎や綾縄《あやなわ》小僧の駒吉が何気ない顔で、

「総兵衛様、お待ちしておりました」

と迎えた。

「駒吉、出帆いたす。箕之吉が乗ってきた馬を伝馬問屋の前に繋《つな》いでこい」

「総兵衛様、まさか私を小浜湊に置き去りになさる気では」

「心配性の手代どのよ。おれが大海に乗り出すとき、そなたを伴うと約定しなかったか」

「しました、しました」

駒吉は箕之吉が降りた馬の手綱を取ると、
ひらり
と跨《またが》り、

「はいよ」

と馬腹を蹴《け》ると城下へと走っていった。

# 第四章　乗　船

## 一

大黒丸に戻った総兵衛は、まず船大工の與助《よすけ》を呼ぶように命じた。だが、その姿はどこにもなかった。

「與助の姿を最後に見たのはいつのことか」

忠太郎が直《す》ぐに命を発して水夫《かこ》たちに聞き取りをした。

その結果、総兵衛らが戻ってくる直前まで大黒丸にいたことが判明した。作事部屋には慌《あわ》ただしく消えた痕跡《こんせき》が残されていた。

「忠太郎、大黒丸の船内と大黒丸周辺の海を調べよ」

大黒丸の広い船内に一族の者が散り、伝馬船が再び下ろされた。だが、船内外の捜索が行われたにもかかわらず、與助の姿は忽然《こつぜん》と消えていた。

総兵衛は改めて忠太郎、又三郎の二人を呼ぶと、その場に箕之吉を同席させた。

「箕之吉が大黒丸の危難を知った経緯《いきさつ》を当人から話させる」

と前置きして、

「箕之吉、先ほど総兵衛に告げたことをもう一度話してくれ」

と命じた。

「はい」

緊張に顔を引き攣《つ》らせた箕之吉が、

「親父《おやじ》大怪我《おおけが》の知らせに親方が帰郷の許しをくれました。そこで私は慌ただしく大風呂敷《おおぶろしき》一つに荷造りをしたのでございます。その荷を開けたのは伊香保に戻った後のこと、伊香保神社の床下にございました」

忠太郎と又三郎は、道三河岸《どうさんがし》に繋《つな》がる者が行方を断った船大工の與助らしいと知りながらも箕之吉の話に聞き入った。

「荷は親方からの手土産などにございました。私はいつもどこにも持参する大工道具の鑿《のみ》や小刀などが入った布袋を取り出して、旅立ちに慌てて朋輩《ほうばい》のものを間違えて持ってきたことに気が付きました。それは大黒丸乗り組みの與助のもので、帆布で作った袋が私のものとよく似通っていますんで。道具を取り出してみましたら、やっぱり違っておりました」

と一息ついた箕之吉が、

「その袋の底から総兵衛様がお持ちの手紙が出てきたんで……」

総兵衛の手には先ほど箕之吉から受け取った薄い紙片の手紙があった。

「読んでみよ」

手紙が総兵衛から忠太郎に渡された。

〈與助　そなたからの大黒丸の絵図面の写し受領いたせし故《ゆえ》二十五両、そなたの家に届けたる事告げ知らす。なれどこの絵図面粗雑に過ぎて判然とせず、今一度精密なる絵図面を急ぎ描きあげ送るべき事を厳命す。また予《か》ねてより命じおきし大黒丸の積み荷の内容、寄港地、航路、日程などを早々に書き送らんこと再度通告す。違約の場合、そなたの家族の命、保障なきこと改めて告知する

もの也《なり》 隆〉

「なんと……」

と呟《つぶや》いた忠太郎が手紙を又三郎に渡した。

「総兵衛様、この〝隆〟なる人物に與助が脅されて大黒丸の秘密を流していたのですか」

「突然大黒丸におれが姿を見せた。さらには先ほど朋輩の箕之吉が姿を見せたことで己の裏切りが気づかれたと察したか、與助は慌てて逃げだしておる。そのことが手紙の内容を裏付けはせぬか」

船室の戸が叩《たた》かれた。

「入れ」

という忠太郎の声に稲平が紙の束を抱えて入ってきた。

「作事部屋の壁に隠し穴が造られており、大黒丸の絵図面の下書きやら大砲の下描きやらが出てきました」

大黒丸に乗船する船大工の作業場を兼ねた寝所として船首付近に長細い部屋

が与えられていた。

「箕之吉、そなたは隠し穴を造った覚えはあるか」

「ございません」

箕之吉がきっぱりと答えた。

「箕之吉、そなたの目で確かめてみよ」

総兵衛は箕之吉を作事部屋にやった。隠し穴を点検させることもあったが、一族の話になるべく加わらせたくなかったからだ。

稲平が見つけだした未完成の絵図面は詳細を究め、大砲と砲弾の性能なども描きこまれていた。

相州浦郷村深浦を出帆した後、與助が描き上げようとしたものであろう。ということは未《いま》だ敵方に詳細な絵図面は届いていないことを意味せぬか。

「なんとこれが敵方の手に渡れば、大黒丸の秘密は丸裸だぞ」

総兵衛が呻《うめ》いた。

「総兵衛様」

紙切れの一枚一枚を調べていた又三郎が大砲を素描した紙の端に書かれた文

字を差した。そこには、

「北回り、若狭小浜沖、平戸沖」

と三つの文字が書かれてあった。

「なんと與助も承知していたか」

忠太郎が呻いた。

だが、相州浦郷村の船隠しを出帆した大黒丸の乗り組みの者たちが直ぐに北回り航路を知ったは当然のことであったし、次なる寄港地が噂《うわさ》になるのは仕方がないことであった。

「與助が小浜湊に上陸したことはあるか」

「ございます」

と助船頭の又三郎が答えた。

「二度ほど船問屋に船釘《ふなくぎ》を補充したいと一人で上陸いたしました」

「となれば大黒丸の秘密が一部敵方に知らされたとみるべきだな」

総兵衛の返答に座に重い空気が漂った。

「総兵衛様、與助に手紙を出した人物は、道三河岸の家臣と見てようございますか」

又三郎が訊《き》いた。

「馴染《なじみ》の名よ」

「だれにございますな」

「伊勢の五十鈴《いすず》川で溺死《できし》したと思うていた川越藩元御番頭の隆円寺真悟と見て間違いあるまい」

「あの者が生きておりましたか」

忠太郎が驚きの声を上げた。

あの場には忠太郎も稲平もいた。

「箕之吉を捕えた放れ忍びの白髪の臑造が五十鈴川河口の浜に潜んでおった隆円寺真悟と出会っておる。隆円寺は臑造を連れて再び道三河岸の傘下《さんか》に入り、活動を始めたのだ」

「此度《こたび》の敵方の実戦指揮は隆円寺と見てようございますか」

「まずは」

再び座に沈黙が走った。

が、直ぐに総兵衛が口を開いた。

「忠太郎、だれが行く手に立ち塞《ふさ》がろうと大黒丸の行動は変わらぬ」

「はっ、畏《かしこ》まりました」

「ならば出船の用意をせえ」

総兵衛の言葉に忠太郎が、

「総兵衛様も此度の航海、同乗なされますか」

と訊いたとき、箕之吉が戻ってきた。

「総兵衛様、あのようなものを壁に造ったおぼえはございませぬよ」

「相分かった」

と答えた総兵衛が、

「諸々《もろもろ》異変があったゆえに変更せずばなるまいて。船大工は、與助から箕之吉へと戻すがよいか、統五郎親方にはおれから断りの手紙を出す」

とまず一同に告げた。

「はっ、はい！」

と喜びの叫び声を上げた箕之吉が総兵衛の前に平伏して、

「與助の裏切りの分まで務めます」

と誓った。

「よし」

と許しを与えた総兵衛が、

「主船頭、おれと駒吉が臨時に加わる。迷惑か」

「光栄に存じます」

頷《うなず》いた総兵衛は、

「稲平、富沢町に宛《あ》てて手紙を書く。小浜の飛脚屋を叩《たた》き起こして明朝一番で早飛脚を立てるよう願え。金を惜しむでないぞ」

「はっ」

と稲平が畏まった。

夜明け前、大黒丸は若狭小浜湾の泊沖からゆっくりと外海へ出ていこうとしていた。

船上のあちこちから活気に満ちた出船作業の物音が伝わり、初めて鳶沢一族の頭領を乗せて異国に向かう水夫《かこ》たちの張り切った様子が船室まで伝わってきた。

総兵衛は船室に籠《こ》もり、操舵《そうだ》を指揮する艫櫓《ともやぐら》には姿を見せなかった。

指揮するのは主船頭の忠太郎と助船頭の又三郎だ。

そのかたわらには操船方の新造が緊張の面持ちの舵《かじ》取りの武次郎《たけじろう》を見詰め、砲術方の恵次《けいじ》が従っていた。また、帆前方の正吉、水夫頭の伍助らが忠太郎の命を聞き逃すまいと艫櫓下の甲板で神経を張り詰めていた。

「駒吉、なにをうろうろしておる。その腰付きでは帆が上がらぬぞ！」

風神の又三郎から檄《げき》が飛んだ。

「はっ、はい」

初冬の寒風が吹きつける船上で顔を汗に光らせた駒吉は奮闘していた。なにしろ大黒丸のような南蛮型の大型帆船での航海は初めてだ。すべてが戸惑うことばかりだ。

だが、駒吉の全身には戸惑いよりも大黒丸に乗船できた喜びが溢《あふ》れて、駒吉よりも若い一族の者たちに混じって必死の拡帆作業に精を出した。

大黒丸は小浜湾を囲む両腕の松ヶ崎と鋸崎《のこぎりざき》の水道を抜けて、若狭湾に出た。

小浜湊《みなと》は、小浜湾と若狭湾の二重の湾に囲まれた良港だったのだ。

「二段帆へ上げえい！」

主船頭の忠太郎の命を受けて、帆前方の正吉が復唱した。

水夫頭の伍助の指揮の下、するすると百二十余尺（約三七メートル）の主帆柱の横帆が二段目まで上げられて広がった。

ばたばた

と朝風に横帆が棚引いて広がった。

そのとき、舳《へ》先《さき》に総兵衛が立った。

ざっくりとした綿入れ小袖《こそで》を着た総兵衛は、銀煙管《ぎんぎせる》を口に咥《くわ》えて行く手を眺めていた。

紺地木綿の背中の模様は、雷神図だ。

総兵衛の足の下では、双鳶《ふたつとび》の船首像が二つに切り分けられる波を見下ろしていた。

「三段帆へ上げえい！」

という命が大黒丸船上に響いて、艫櫓の操船方を除いた総員が三段帆に取りつき、するすると上がると、

ぱあっ

と大黒丸自慢の三段横帆が満帆に風を孕《はら》んで見事な弧を六つ描いた。

大黒丸の船足が一気に増して、総兵衛の坊主《ぼうず》頭を風が撫《な》でていった。

「取り舵！」

忠太郎が操船方の新造に命じて、舵取りの武次郎が左舷《さげん》斜めへと方向を変えていく。

若狭湾の西の岬、経《きょう》ヶ岬《みさき》を目指したのだ。

大黒丸の走行が安定して、船全体から緊張が消えていった。

船にとって出船入船は神経を使う場面だった。

「総兵衛様」

舳先に上がってきたのは思いがけなくも大黒丸に乗船して異国を目指すことになった手代の駒吉だ。

「大黒丸に慣れるには時間がかかります」

「そのような悠長なことでどうする。足手纏《まと》いになるようなれば、鮫《さめ》の餌食《えじき》に致すぞ」

「そんな」

と言った駒吉が、

「総兵衛様と駒吉が大黒丸に乗って異国を目指すと知った笠蔵様の顔が目に浮かびますよ」

「伊香保行きがこうなってはな、驚かれるのは笠蔵さんだけではあるまいて」

総兵衛の脳裏には美雪の顔が浮かび、

(初めてのやや子を独りで産ませることになったな)

と胸の中で詫《わ》びた。

「朝餉《あさげ》じゃぞ！」

銅鑼《どら》の音が響いて、炊方《かしきかた》見習の竜次郎の叫び声が船上に響いた。

「総兵衛様」

と舳先櫓に炊方の彦次《ひこじ》が顔を見せて、

「膳《ぜん》はどちらにお運びいたしまするか」

と訊いた。

大黒丸は二交替で食事をとる。艫《とも》に近い、炊部屋に隣接した主帆柱下の大広間が食事部屋だ。だが、客人があるときなど主船頭ら幹部は、艫櫓下の船室が食堂にもなった。その二間続きを総兵衛が占拠していた。

「皆と一緒で構わぬ。彦次、今朝の食事はなんだな」

「小浜湊に上がった鰈《かれい》の一夜干しに大根とはたはたの煮付け、豆腐の味《み》噌《そ》汁《しる》にございますよ」

「馳《ち》走《そう》じゃな」

「総兵衛様、湊を出たてはいつも馳走にございますがな、行けども行けども大海原を航海する日が続きますと、食膳から青菜も魚も遠のきまして、雑炊を啜《すす》る日が繰り返されます。そんなときが炊方の一番つらいときにございますよ」

彦次は明神丸からの炊方で船の炊飯には慣れていた。だが、そんな彦次も長い航海で材料が切れては腕の振るいようもない。

「今のうちに馳走を食べておくか」

総兵衛は舳先から甲板へと降りた。

和船と南蛮船のよきところを取りいれて造船された大黒丸の最大の特徴が水密性を備えた甲板であった。

和船には、船首部にカッパと呼ばれる甲板が、船尾には矢倉板という屋根板が一応張ってあり、雨の浸入を防ぐには防げた。だが、完全に水密性を保つとはいえなかった。

大きな欠点は船体中央部で、荷物の出し入れのために揚げ板式の板の間が張ってあるだけで荒天のときなど水が船倉に洩《も》れていき、大事な荷を水浸しにしてしまうことだ。

大黒丸は高価な異国の荷に損害を及ぼさぬために、船首部、主船体、船尾部と高さの違う場所のすべてが水密甲板で覆《おお》われていた。

その分、荷積みは苦労したが、航海中の居住性と操縦性は、和船の千石船に比べて格段に優れていた。

総兵衛は甲板をゆったりと歩いて、食堂に下りた。すると、すでに第一組目が食事を始めていた。

「いただいておりますぞ」

水夫頭の伍助が総兵衛に挨拶《あいさつ》した。

そのかたわらでは最長老の錠吉父つぁんが黙々と丼飯《どんぶりめし》を掻《か》きこんでいた。

さらにもう一つの卓では大黒丸に戻れた喜びを嚙《か》み締めるように箕之吉が飯を食っていた。

「おう、彦次と竜次郎の苦心じゃぞ、たっぷり食べよ」

総兵衛は大黒丸を建造し、異国への航海に用いようとしたときから、いくつかの決まりごとを作って主船頭に命じてあった。

その一つが、

「日々の食膳は豊かにせよ」

というものだ。

重労働の上に単調な航海が続くとき、まず不満に思うのが食事だ。食べ物から反乱が起こるようではなんのために異国へ船を出したか分からなかった。

食事にも集まりにも使われる大部屋には、三つの大きな卓があって固定されていた。その一つに十人ほどが座れる大きな卓の縁には荒天で船が揺れても食器が落ちないような滑り止めが設《しつら》えられていた。

総兵衛の前へ駒吉が膳を運んできた。

「おおっ、美味《うま》そうじゃな」

豆腐の味噌汁からは湯気が立っていた。

「海が荒れますと温かいものが口に入らない日が続きますよ」

と伍助が隣の卓から言う。

「伍助、前の航海で船が荒れたのは何度か」

「嵐《あらし》に会うたのは、三度かな」

「此度《こたび》は冬の海じゃな」

「まあ、荒れるのが普通と考えておけば、そのときになって嘆くこともありますまい」

「伍助や錠吉父つぁんは波の上が家のようなものだが、おれも駒吉も初めての船旅よ。どうなるかな」

自分の膳を運んできた駒吉が、

「総兵衛様、私めの心配は無用に願います。大黒丸乗船に恋い焦《こ》がれて総兵衛様に直訴《じきそ》した駒吉、嵐の一つや二つ何のことがありましょうや」

「ひっひっひひっ」

と歯の抜けた錠吉が笑い、

「手代どの、大言は嵐に襲われた時にとっておけ」

と言った。

「父つぁん、嵐はそんなにすごいか」

「おう、本物の嵐に見舞われれば、茶碗《ちゃわん》なんぞは壁まで吹っ飛ぶ。人間だってこうして座っておられぬわ。天井と床がぐるぐる回って、上下が分からなくなる。それが嵐よ」

錠吉父つぁんの言葉に駒吉が小さな声で、

「新米だと思うて大袈裟《おおげさ》に脅しやがる」

と呟《つぶや》いたものだ。

二

箕之吉は、久し振りに船大工の部屋に落ちつき、鰻《うなぎ》の寝床と見紛《みまが》う部屋を見まわした。

それは船首部分の左舷に造られていた。

長さ三間（約五・四メートル）、幅は一間に満たず、舳先に向かうほど細く尖《とが》っていた。

その上、左舷の内壁に沿って造られた部屋は弧状を帯びていた。船首の丸みに合わせて設けられた部屋だ。それでも和船には考えられない独立した部屋である。

箕之吉は建造のときから船大工部屋の設計と施工《せこう》に携わり、道具を納める棚から大黒丸の部品、材木などの保管場所を手塩にかけて完成させたのだ。すべて掌《たなごころ》を指すように承知していた。

だが、この一月半余り、大黒丸を離れた間に與助によって手が加えられた箇所がいくつもあった。

左舷の船腹側に造られた隠し穴もその一つだ。

箕之吉はまず與助の残した私物を一纏《ひとまと》めにするところから作事部屋への復帰作業を始めた。

與助の残したものは着替えなどわずかであった。

総兵衛が突然大黒丸に現れ、さらには箕之吉を連れ戻った。

その突然の混乱に船を離れたにしては、所持品がわずかしか残されていなかった。

元々大黒丸に積みこむ私物は、大風呂敷《おおぶろしき》一枚に包みこまれるものと制限されていた。だが、大黒屋の奉公人以外のただ一人の乗り組みの船大工には、作事部屋兼寝所が用意され、ある程度の自由は聞いてもらえたのだ。

それにしても残されたものは極端に少なかった。

(與助め、統五郎親方の顔に泥を塗ったものよ)

與助の裏切りを知らされた統五郎の怒りと嘆きが目に見えるように思えた。

箕之吉が竹町河岸の造船場で働き始めて三年後に統五郎親方に弟子入りして

きたのが與助だ。

與助は品川宿の大工の倅《せがれ》で年は箕之吉より五歳上だった。

二人して親父《おやじ》が大工という境遇は似ていた。

だが、箕之吉の父親の豊松は田舎大工で、親方に使われる身だった。

一方、與助の親父の参五郎《さんごろう》は、品川宿では知られた名人芸の棟梁《とうりょう》であり、妓楼《ぎろう》の何軒かを手掛けていた。

参五郎に不幸が襲った。

建前中の屋根から転落して足腰を強打し、右足と腰の自由が奪われた。

いくら名人気質《かたぎ》と呼ばれた参五郎でも体の自由が利《き》かないでは、棟梁は務まらない。酒に憂《う》さを晴らして暴れる参五郎の下から大勢いた弟子たちが一人ふたりと去り、残ったのは倅の與助一人だけになった。

参五郎は與助を呼ぶと、

「おめえにおれの名跡を継がせたかったが、こう足掻《あが》きがとれないんじゃあどうにもならねえ。與助、おめえは愚図だ、まだまだ修業が足りねえ。一からやり直しをしねえ。竹町河岸の船大工統五郎親方に頼んでやる」

と不自由な体を竹町河岸まで運んで、倅の弟子入りを願ったのだ。参五郎は同業の棟梁に頭を下げることを良しとせず、船大工に一から入門させたのだ。

その一年後、参五郎は與助の妹おつやを品川宿の妓楼土蔵相模《どぞうさがみ》に遊女に売った金でますます酒に溺《おぼ》れ、腎の臓を悪くして死んだ。

その間にも父親に、

「愚図」

と極《き》めつけられた與助はひたすらこつこつと船大工の技を覚えていこうとしていた。

だが、万事飲み込みのいい箕之吉と異なり、その進歩は鈍いものだった。また、性格が暗い上に口が重いことが與助に災いした。仲間たちに疎《うと》んじられ、独りで過ごすことが多かった。

そんな與助の技量が大きく花開いたのは、三十歳を過ぎてのことだ。

統五郎が、

「與助にはやっぱり名人の参五郎父つぁんの血が流れていたねえ。ここにきて、ぱあっと腕を上げたぜ。見てみねえ、鑿穴《のみあな》のきれいなこと、仕事がすっきりしていらあ」

と褒め、大黒丸の建造にあたっては、大船建造の要《かなめ》の肋骨《ろっこつ》造りに携わらせた。そのとき、箕之吉はもう一つの大きな課題、水密甲板造りを担当させられていた。

統五郎は箕之吉と與助を兎《うさぎ》と亀《かめ》に譬《たと》え、

「箕之、おめえは機転が利《き》く、腕もいい。頭から飛ばして他の仲間に大きく差をつける兎だ。與助は少々のろまな亀で歩みも鈍い。だが、一生は長いや、箕之、手を抜くと與助に追いつかれ、追い抜かれるぞ」

と大黒丸建造の間じゅう叱咤《しった》されつづけてきた。

そんな親方だが長崎へ南蛮船の研究に赴かせたのは、年若い箕之吉だったし、試しから大黒丸の航海に同乗を指名されたのも箕之吉だった。

だが、この航海の間に與助がぐんぐんと腕を上げ、

「経験を積ませる」

という理由から統五郎親方は、與助を大黒丸付きの二人目の船大工に決めた

のだ。

この数年、箕之吉にとって年上の弟弟子は、どこか不気味な存在だった。背中に與助の足音が響いているようで落ちつかなかった。

箕之吉の後任が與助と告げられたとき、箕之吉は強い衝撃を受けていた。だが、まさか足を掬《すく》われるとは考えもしなかった。大黒屋の敵方と通じているなどとは信じられないことだった。

ふうっ
と一つ安堵《あんど》の息を吐いた箕之吉は作業台の上に船大工日誌を広げようとした。

だが、その日誌はどこを探してもなかった。

和船には船大工や工匠が乗り組むことはない。

異国との交易を目的に建造された大黒丸に南蛮船や唐人船の船大工乗り組み制度が取りいれられ、その一番手に箕之吉が指名されたとき、いくつかの決め事を自らに課した。

その一つが大黒丸の修理や改善箇所を記した船大工日誌を毎日書くことだ。

どのような故障が起こり、どのような修理を成したかを記録することにしたのだ。そのことによって船大工が代わっても大黒丸の過去の修理状態を知ることができるからだ。

箕之吉が克明に記録し、與助へと引き継がれた日誌がどこにも見当たらなかった。

（與助が船から逃げだすときに持ちだしたか）

箕之吉は胸のうちに違和感を覚えていた。

與助は自ら描き起こした大黒丸の絵図面を隠し穴に残していた。

（なぜ船大工日誌を持ち逃げし、絵図面を残したか）

箕之吉は船の揺れの中で考えつづけ、一つの決心をすると作事部屋を出ていった。

箕之吉は、舳先櫓《へさきやぐら》から甲板に出た。

鈍色《にびいろ》の空の下、大きくうねる波を蹴《け》り立てて大黒丸は但馬《たじま》から因幡《いなば》沖合い四十海里（約七四キロ）を西進していた。

昼間のこと、遠くに伯耆《ほうき》大山《だいせん》の峰も見えた。

和船は岸伝いに航海する地廻り、地方《じかた》乗りと称する沿岸航海を基本にしていた。山の形や島や建造物を確認しながら進む航海だ。

だが、南蛮船の航法を取りいれた大黒丸では、陸地を見ずとも昼夜航海を続ける沖乗り航法で進むことができた。

箕之吉は甲板を舳先から艫櫓《ともやぐら》下へと向かおうとした。すると主帆柱下に水夫《かこ》頭《がしら》の伍助がいて、百二十余尺の帆柱の先端を見あげていた。

箕之吉が三段の横帆と無数に蜘蛛《くも》の糸のように幾何学模様を描いて張られた綱や縄梯子《なわばしご》の間から頂を見あげた。すると翩翻《へんぽん》と翻《ひるがえ》る双鳶の旗の下、水夫の喜一と駒吉が帆桁《ほげた》に小さく止まっていた。

「駒吉、おのれは反吐《へど》を吐きくさって、大黒丸を汚す気か。先ほどの大言壮語はなんじゃあ。よう大黒丸の船魂《ふなだま》様に帆柱の上から謝ってこい！　船魂様がよいというまで帆柱から下ろさぬぞ！」

伍助の怒声が飛び、主帆柱の頂下に吊《つ》り下げられた一段目の帆桁にしがみついた駒吉が、

「船魂様、船を汚してすまんことを致しましたぞ、お許しくだされ！」

と叫んだ。

「駒吉、さような声では船魂様の耳に届くまいよ、腹から搾《しぼ》り出せ！」

「へえっ」

再び駒吉の泣くような叫びが響いた。

「最初が肝心じゃからな、駒吉を帆柱に上がらせた。綾縄《あやなわ》小僧のことだ、二、三日もすれば慣れようからな」

伍助が、
にたり
と笑った。

大きく揺れる船の上、百二十余尺の高さがどれほど恐怖を呼ぶものか、箕之吉も経験で承知していた。

初めて乗船した人間が主帆柱の上に這《は》いあがることはまず不可能だ。半分も上がり切らぬうちに足が竦《すく》み、五体が麻痺《まひ》して男泣きしながら仲間に下ろされるのが関の山だ。

さすがに綾縄小僧と、身軽さと俊敏を謳《うた》われた駒吉だけのことはあった。

へっぴり腰であれ、帆柱上に取りつき、大きく左右に揺れながら叫んでいた。

　箕之吉は、艫櫓を見あげた。

　すると助船頭の又三郎が指揮を執り、そのかたわらには操船方の新造やら帆前方の正吉らが並んで、行く手を見据えていた。

　主船頭の忠太郎は夜の航海に備えて仮眠をとっているのだろう。

　船室の扉を開けて踊り場に入った箕之吉は、真《ま》っ直《す》ぐに総兵衛の船室へと向かい、戸を叩《たた》いた。

「だれか」

　総兵衛の声がして、

「箕之吉にございます」

　と応じた。

「入れ」

　扉を開くと総兵衛が円卓の上に海図を広げて眺めていた。

「どうしたな」

「お願いがございまして参上しました」

　総兵衛は頷《うなず》いた。

「與助が隠し持っていたという大黒丸の絵図面をしばらくお貸しくださるわけには参りませぬか」

「なんのためか」

箕之吉はしばし呼吸を調えると、

「與助がなにをしようとしていたのか、私なりに考えとうございます」

と答え、船大工日誌がなくなっていることを告げた。

「日誌がな」

総兵衛がしばし沈黙した後、箕之吉に問うた。

「大黒丸の絵図面は竹町河岸の統五郎親方と大黒屋に一組ずつ保管されていよう。大黒丸にも当然積みこまれているはずだがどこにあるな」

「主船頭の忠太郎様が保管なされておられます。故障が起これば、その都度《つど》船大工が借り受けて修理を致し、終わればまたお返しするのです。むろん船大工一人で絵図面を見るということはございませぬ」

大黒丸の技術の粋が絵図面に記されているのだ。その注意振りは当然のことといえた。

「箕之吉、よかろう、與助がなにを企《たくら》んでのことか推量してみよ」

與助が描きかけていた絵図面の類《たぐい》すべてを箕之吉に貸し与えた。

「お預かりします」

箕之吉が甲板に出ると主帆柱下に駒吉がへたりこんで、

「くそっくそっ！」

と言いながら自分の頭を拳《こぶし》で叩いて泣いていた。

「どうなされた、駒吉さん」

「悔しいぞ、箕之吉さん。綾縄小僧と大黒屋で謳われた駒吉が帆柱の上で身動きができない。情けないったらありゃしない」

「なんだ、そんなことか」

「水夫頭の伍助じいめ、大黒屋の奉公人の恥だと吐《ぬ》かしたぞ」

箕之吉が笑いだすと駒吉が恨めしそうに見あげた。

「駒吉さん、よいことを教えておこうか。最初からあの帆柱上に登れたのは駒吉さんが初めてだぞ。だれもが百二十余尺の帆柱の半ばも行かないうちに五体が竦んで、一人で降りることもできぬ。そんなことを何度も何度も繰り返してようやく帆桁《ほげた》が歩けるようになるのさ」

「ほ、ほんとうか」

「嘘《うそ》を言うものか。駒吉さんに見所があるから、水夫頭も叱咤《しった》されたのですよ」

「箕之吉さん、百二十余尺の帆柱上はあのように揺れても折れぬものか」

帆柱の上は甲板からは思いもよらぬほどに左右前後に揺れた。

「大黒丸の帆柱二本は薩摩《さつま》の屋久の千年杉を使っておる。ほれ、駒吉さんの背中の幹は二尺（約六〇センチ）以上もあり、しなりがあるで滅多に折れぬ。それに船長八十三尺というておるが、それは竜骨部分で和船では航《かわら》と呼ばれる長さでな、艫と舳先部分を足せば、ほぼ帆柱の長さと一緒になって釣り合いがとれる。さらに船底に飲み水を積みこんで重しにしておるで、起き上がりこぼしのように横波を受けても立ちあがってくる仕掛けだ。その外《ほか》にいろいろな工夫がある、統五郎親方が苦労されたところよ」

「大黒丸を信用してよいか」

「統五郎親方の腕を信じなされ」

「そうじゃな」

「大工の作事部屋に顔を出されれば、大黒丸がどのような仕組みになっているか、説明しよう」

「よし」

駒吉はそういうと再び帆柱から垂れた綱梯子に手を掛けるとするすると登っていった。

「駒吉さん、無理は禁物だぞ」

「はい、承知しましたよ」

駒吉が帆柱上に登りゆく姿を今一度確かめた箕之吉は舳先櫓下へと戻っていった。

箕之吉は與助が描きかけた絵図面の克明さに仰天させられた、それは與助の執念を見るようで詳細を極めていた。

（これが一月半余りの仕事か）

大黒丸の船首からほぼ半分の竜骨、肋骨などが綿密に記録されていた。考えれば、與助は建造時から大黒丸の竜骨、肋骨造りに携わってきたのだ。細部にわたっては親方の統五郎よりも詳しい人物といえた。

箕之吉はしばし呆然《ぼうぜん》として與助の暗い情念を見詰めていた。

そのとき、箕之吉は奇妙なことに気づいた。

絵図面の書き込みには建造当時では行われなかった仕掛けや工夫がなされていた。それは試しの航海や実際の航海で出てきた欠点に基づき、箕之吉自身が改善してきた部分だ。

そのいくつかは簡単に見分けられるものではなかった。

（そのことを與助はどうして知ったか）

箕之吉は立ち上がり、狭い作事部屋を眺めまわした。

與助は二重になった船底に潜りこみ、大黒丸の細部までも調べまわったのではないか。

（まさか……）

箕之吉の背筋に悪寒《おかん》が走った。

駒吉は大部屋に入っても吐き気がして食欲などなかった。夕餉《ゆうげ》を抜いて、なにか体を動かす仕事はないかと考えた。が、大黒丸に乗り組んだばかりではできる仕事は限られていた。

（どうしたものか）

砲術方の一人、恵次が丼飯《どんぶりめし》を掻《か》きこむのを見た駒吉はいよいよ気分が悪くなり、大部屋から出ると甲板に上がった。

暗くなり始めた海を大黒丸は疾走していた。

和船は昼間走り、夜は湊《みなと》に入って停泊した。それが普通だ。

だが、大黒丸は和型の十二支や南蛮型の三十二方位など複数の磁石を用い、太陽や星の高度を計る象限儀《しょうげんぎ》、八分儀、時計、望遠鏡、海図、陸地からの距離を測る測量機などを頼りに夜でも航行が続けられた。

最初から昼夜を通して大海原を航行できるように設計された船だった。

駒吉は舳先櫓下の扉を開いて船大工の作事部屋への階段を下りた。

階段の途中、暗がりで船が揺れて気持ちが悪くなった。

それを堪《こら》えた駒吉は、作事部屋の戸を叩いた。

が、なんの答えもない。

「箕之吉さん、おらぬのか」

駒吉は戸を開いた。

壁に固定された船行灯《あんどん》のほのかな明かりが狭い作事部屋を照らしていた。だが、がらんとしてそこにはだれもいなかった。卓の上に絵図面が広げられているばかりだ。

(どこぞに行かれたか)

駒吉は奇妙な造りの作事部屋から甲板に戻ろうとして、頬を撫《な》でる冷気を感じた。

むかむかした気分の駒吉にはなんとも心地よい微風だった。

(だが、それはどこから吹いてくるのか)

疑問に思った駒吉は作事部屋に身を入れた。

「これは……」

風の吹きくる〝穴〟の隙間《すきま》を見た駒吉はしばし考えこみ、広げられた絵図面に目をやった。

三

駒吉は大黒屋の奉公人の中でも好奇心が強い若者だ。それだけに〝穴〟の向こうがどうなっているのか気になった。

それは鰻《うなぎ》の寝床の作事部屋が先すぼまりに狭くなっていく壁の一部に隙間が開いて、風が吹き抜けていた。

(箕之吉はこの〝穴〟に潜りこんでいるのか)

とすると何のためか。

大黒丸に異変を感じたとしたら、まずは主船頭の忠太郎に報告すべきではないか。それに大黒屋の主《あるじ》の総兵衛も同乗していた。

〝穴〟の隙間は箕之吉がなにかを察して入りこんだことを示しているように思えた。

(広げられた絵図面はなにを意味するのか)

駒吉は〝穴〟に近寄り、隙間をそっと押してみた。すると壁がまるでからくり戸のように横へ一尺ほど動いて口を開けた。

（箕之吉が姿を消したのはこの〝穴〟に間違いない）

駒吉は懐《ふところ》に手を入れた。鉤縄《かぎなわ》と小刀はいつものように持参していた。

「よし」

と呟《つぶや》いた駒吉は作事部屋の中を見まわして、手燭《てしょく》と火打ち道具を探し当て、それらを手拭《てぬぐい》に包みこむと懐に入れた。

さらに細引き縄を見つけると〝穴〟の入り口の内側に端を縛った。そうしておいて細引きを解きながら駒吉は狭い隙間から〝穴〟にゆっくりと身を滑りこませていった。

かたん
と音がしてからくり戸が閉じられた。

大黒丸の船腹と内壁と思える隙間に身を横にして入りこむと前後の壁が圧迫して駒吉を恐怖に陥《おとし》いれた。それに足元はようやく爪先《つまさき》立ちできるくらいでそれが暗黒の底へ下降しているように思えた。

駒吉の耳に船腹を叩く荒波の音が恐ろしげに響いてきた。

耳を強引に塞《ふさ》いで足を動かした。

どれほど進んだか、足元がわずかに広く感じられた。どうやら船底近くに下りてきたようだ。

駒吉は船底近くには大黒丸の重しにもなる清水を溜《た》める、平たい木桶《きおけ》が並んでいることを承知していた。どうやらその上にいるのかもしれなかった。

細引きの端はそこまでしか届かなかった。

暗黒の中、この細引きの端を探り当てなければもはや作事部屋への奇妙な階段を見つけることはできないだろう。

そんな不安が駒吉の胸を締めつけた。が、箕之吉がなにをしようとしているのか探りだす、好奇の心が強く働いた。

細引きの端から手を離した。

これで駒吉は暗黒世界に手探りで進むことになる。

(さてどこへ)

駒吉はゆっくりと足を踏みだした。

鳶沢《とびさわ》一族の者として総兵衛の下で幾多の戦いを経験してきたことが駒吉の体

を動かしていた。

足底は段差があり、天井は低く、時に鋭角に曲がった。

駒吉は膝《ひざ》をついて腹ばいになり、先へと進んだ。

右舷《うげん》から波を受けた大黒丸が捩《ねじ》れるように揺れた。

「うっ」

と吐き気が襲ってきた。

だが、駒吉は堪えた。

（大黒丸になにかが起こっている、それを調べるのだ）

その使命感が駒吉から船酔いすらも忘れさせようとしていた。

暗黒の中、五感を働かせ、足探り手探りで先へ先へと進んだ。

ふいに駒吉はこの暗黒世界にいる者が己だけではないことを感じていた。むろん姿を消した箕之吉がどこかにいた。だが、

（そのほかにだれかが潜んでいるように思えた）

駒吉はわずかずつ進んだ、這《は》いまわった。

ときに頭をぶつけ、行き止まりが判明した。そこから後退《あとずさ》りに引き返して別

の方角へと進んだ。

はっきりしていることは駒吉が船首部分から船尾方向へと這い進んでいることだ。

ぎいっ
大黒丸が波に煽《あお》られ、不気味な軋《きし》みを響かせた。

もはや駒吉はどこに自分がいるのかさえ、感じられなくなっていた。

漆黒の闇《やみ》、無明の暗黒は駒吉に時間感覚と方向感覚を失わせていた。ときに天地さえ上下逆さまになったような気を起こさせた。

ふうーっ
と息を一つ吐《つ》いた駒吉はその場に止まり、膝を抱えて休息した。

波が今度は左舷から襲いきたか、右舷へと捩れこんだ。さらに舳先が持ちあがり、船尾が沈みこんだような錯覚に落ちた。

駒吉は不思議だった。

大黒丸の船体には知られざる闇が存在して、その闇が波からの衝撃を和らげているのだ。だが、乗り組んだ者は普段その奇妙な空間を知ることなく過ごしているのだ。

再び腹ばいの姿勢に戻った駒吉は船尾と思える方向へ進んでいった。

(いくか)

駒吉はふとどこかで体験した行動だと思いついた。

(そうだ、これは久能山《くのうざん》巡りの肝試しに似ているぞ)

鳶沢村では一族の子供が七つになった夏、久能山の霊廟《れいびょう》へお札納めの行事に参加しなければならなかった。それは月明かりも星明かりもない丑《うし》の刻(午前二時頃)に一人ずつ村から久能山の裏道の石段伝いに上がらされるのだ。

子供の中には余りの怖さに泣きながら暗黒の山へ入る者もいた。また親のそばから離れられない者や山の入り口で引き返してきて、お札納めができない者もいた。

そんな男の子の親たちは、必死で説得してお札納めの登山をさせようとした。だが、泣き叫んで親の側が根負けする者もいた。するとそれは来年までの持ち越しになり、親子は辛《つら》い一年を過ごすことになるのだ。

駒吉は六歳の夏にその行事に挑戦し、見事に神君家康公の霊廟にお札を納めてきた。

その道中が大黒丸の船体の知られざる暗黒に伝い走る迷路に似ていた。家康様の霊廟の前までいけば、事は終わるのだ。そして、帰りは九十九折《つづら》りの大石段を下って海へと出れば、そこには大勢の村人が待ち受け、賞賛の言葉で迎えてくれるのだ。

この闇の道中はどこかに終わりがあるのか。

駒吉の行く手は塞《ふさ》がれた。

道を間違えたようだ。

じりじりと後方へ引き返す。

荒波が二段三段になって船腹を叩《たた》き、駒吉は大黒丸の船体が波間に揉《も》みしだかれる錯覚に落ちた。自分の内臓が圧倒的な力で捩りあげられるようだ。

引き返した右手から空気が流れてきた。

駒吉は空気に誘われるようにさらに船底へと下った。

総兵衛は船室を出ると艫櫓《ともやぐら》に上がっていった。

そこには夜間航海に神経を使う主船頭の忠太郎、操船方の新造、帆前方の正吉らがいた。

「ご苦労だな」

新造は長崎で手に入れた三十二方位南蛮磁石と十二支和型磁石などをいくつも使い、大黒丸の進む方角を確かめていた。

今、新造が見ているのは和型の逆針磁石だ。

和型には正針と逆針の二種があった。

正針は方位の目盛り、

「子《ね》、丑《うし》、寅《とら》、卯《う》、辰《たつ》、巳《み》、午《うま》、未《ひつじ》、申《さる》、酉《とり》、戌《いぬ》、亥《い》」

の十二支が右回りに刻んであった。

この正針は船から陸地の地形や目標物を見るときに使い、とくに湊に入るときに重宝された。

一方、逆針は磁針のさす方位と船の進む方向が一致する磁石だ。

新造は磁石の北を大黒丸の船首に向けて、その南北の線を大黒丸の中心線上に合わせていた。

その盤の十二支は、左回りに刻んであった。

正針の三時は丑寅だが逆針では戌亥だ。

この逆針を使えば針の指す方向と船の進行方向が一致した。

その方法とは、大黒丸が右舷に舵《かじ》をとり、丑寅の方向へ進む場合、磁針は船の回転とは関わりなく常に北を指すが、目盛りのある盤は船とともに動くので正針の磁針は、丑寅ではなく反対の戌亥をさす。これに対して逆針は目盛りを最初から逆にしておくので進みたい方向の丑寅を指すことになる。

だが、揺れる船上でこれら各種の磁石の扱いに習熟するには年季と技がいった。

「この分なれば、平戸沖まで二昼夜とかかりますまい」

忠太郎が総兵衛に言う。

「どの辺を走っておるのか」

「出雲《いずも》と隠岐島《おきのしま》の間を抜けるあたりかと思います」

「さすがに船足が速いな」

「統五郎親方が経験と知恵を結集した船でございますればな。ですが、無風になればいくら親方の自慢の船もばたりと船足が止まります」

と忠太郎が苦笑いした。

総兵衛らの頭上では補助帆の三角帆がばたばたと鳴っていた。

「総兵衛様、こちらにおられましたか」

と助船頭の又三郎が艫櫓に上がってきた。

「なにか用か」

「駒吉が船酔いに苦しんで飯も食べぬというので水夫《かこ》部屋を訪ねたのですが、姿が見当たりませぬ。聞くと夕餉《ゆうげ》の刻限あたりから姿を見た者がおらぬとか」

「昼間は泣きながら帆柱上にしがみついておったがな」

と忠太郎が答えた。

「船酔いで飯が食えんのは致し方ないが、姿が見えぬとはちと訝《いぶか》しいな。どこぞで倒れているやもしれぬ。皆に助けを求めて探してみよ」

「はい」

又三郎が艫櫓から迅速な動きで姿を消した。そして直《す》ぐに船内の捜索が開始され、総兵衛のいる艫櫓からあちらこちらに明かりが見られた。

四半刻《しはんとき》（三十分）後、又三郎が再び総兵衛の下に来た。

「いたか」

「いえ」

と答えた又三郎の顔色が変わっていた。

「総兵衛様、今一人不明の者が見つかりました」

「だれか」

「船大工の箕之吉にございます」

「駒吉に続いて箕之吉も船内におらぬというか」

「はい。それも二人して夕刻から姿が見えぬそうな」

総兵衛の視線が忠太郎にいった。

「なんの理由かは知らぬ。二人が海に落ちたということはないか」

「二人が行方を絶ったころにはまだ人目も多うございますし、異変があればこの艫櫓から確かめられます」

夕刻まで操船を指揮していた又三郎が顔を横に振った。

忠太郎も同意したように頷《うなず》く。

「訝しいこともあるものよ」

総兵衛は箕之吉に絵図面を貸し与えたことと、今回の失踪《しっそう》が関わりあることかどうか迷っていた。

そのとき、艫櫓の階段を上がってきた者がいた。

荷方の玉太郎《たまたろう》だ。

「総兵衛様、駒吉さんを捜しておるそうな」

「そなた、行方を承知か」

顔を横に振った荷方の玉太郎は、

「六つ前かな、駒吉さんが船大工の作事部屋に下りていくのを見かけただけだ」

と答えた。

「玉太郎、その後、駒吉が作事部屋から出てきたのを見たか」

「うんにゃ、おれは直ぐに水夫部屋に下りたでその先のことは知らぬ」

「玉太郎、よう知らせてくれた」

総兵衛は玉太郎を去らせた。

「どうなさいますな」

忠太郎が訊《き》いた。

「風神、おれに従え」

総兵衛が艫櫓の階段を駆けおりると船大工の作事部屋へと急いだ。

又三郎が従った。

総兵衛は初めて船大工の作事部屋に入った。

壁には大工道具がきちんと整理されてかけられ、天井にも肋材《ろくざい》が吊《つ》るされて見えた。

卓上には総兵衛が貸し与えた與助の描いた未完の大黒丸の絵図面が広げられていた。

作事部屋には箕之吉と駒吉の姿はなかった。

「争った様子などございませぬな」

又三郎が呟《つぶや》く。

「又三郎、絵図面が隠されていた穴はどこか」

又三郎が壁の一角を指して、板の一部をずらした。すると長さ二寸余の隙間《すきま》が現れた。せいぜい手が差し入れられるほどの穴で、むろん人が入れるような空間ではなかった。

「なにが起こった」

総兵衛が呟き、

「ここでなにかがあったのは確かにございます」

又三郎も答えた。

駒吉は漆黒の闇に人の気配を感じていた。

手を虚空《こくう》にさ迷わせた。するとどこにもぶつかることはなかった。

大黒丸のどこにいるのか、広い空間にさ迷い着いたのは確かだった。

駒吉は明かりを点《と》もしたい誘惑に駆られた。

だが、どんなことが起こるか分からない以上、じっとしているしかないと思った。

五感を鋭敏にして、人の気配を知ろうとした。

確かに人の呼吸が闇を伝わって感じられた。その一人が、

（箕之吉）

であることは確かだろう。ならば、もう一人は、

（だれか）

（待てよ、與助か）

駒吉は総兵衛が箕之吉を伴い、大黒丸に戻ったときに失踪した與助しか考えられないと思った。

（どうしたものか）

こうなれば、闇の世界で我慢比べだ。

三つの息が暗闇に呼応していた。

どれほどの刻限が過ぎたか。

もはや駒吉は自らが行動を起こすときと覚悟した。

懐《ふところ》から手拭《てぬぐい》に包まれた蠟燭《ろうそく》と火打石を出した。

そのとき、

「與助」

という箕之吉の声が闇に響いた。

「おまえが大黒丸の闇に身を潜めているのは分かっているぞ」

箕之吉の声は駒吉の左前方から響いてきた。

だが、箕之吉に呼応する與助の答えはなかった。

「なぜ統五郎親方を裏切った」

「…………」

「どうして大黒屋さんを窮地に陥《おとしい》れようと考えた」

箕之吉の問いに答えはなかった。

駒吉は動きを止めて待った。

「與助、おまえはおれよりも五つも年上だ。だが、おれの方が三年も早く統五郎親方の下に弟子入りした。職人の世界で兄弟子は絶対だ、おまえがいくら名人の父つぁんの倅《せがれ》でも、おれの言葉には逆らえまい。それにおまえは弟子入りした頃はどうしようもない愚図だったぜ」

箕之吉は與助に喋《しゃべ》らせようとしてか、わざと怒らせようとしていた。だが、與助はその手に乗らなかった。

「統五郎親方のところには、おまえより若い兄弟子がおれを入れて四人もいた。

中には顎《あご》でこき使う者もいた。だが、おめえはそれに逆らうことなくよう辛抱した。親方がおれに、箕之吉と與助は、兎《うさぎ》と亀《かめ》だ。早く走ろうと行き着く先は一緒だぜと言いだされたのは、いつのことかねえ。おれたちが気づかないうちにおまえは腕を上げていた、そいつを親方はちゃんと見ていなさったんだ。そうだな、與助」

闇に箕之吉の声だけが響いた。

「大黒屋さんから親方が途方もねえ船の注文を受けなさったとき、おれは飛び上がるほど亢奮《こうふん》したぜ。だってよ、二千石を越える大きさの上に、昼夜を問わず大海原を航海する船なんてこの世にあるものかと思ったからな。おれは親方の推挙で大黒屋の新造さん、正吉さんと一緒に長崎に南蛮船の勉強に行かされた。そのときよ、世の中にはおれの知らない世界があるということを知ったのはさ。大黒屋総兵衛様は、そのことを承知で統五郎親方に途方もねえ船を頼まれたんだ。それがおれたちが今乗っている大黒丸だ」

「…………」

「凄《すご》いと思わねえか。おれは二回目の航海を終えて相州浦郷村に戻り、親方の命でおまえと交代させられると知って、おまえを恨んだぜ。それほど大黒丸は凄い船だ」

「…………」

「そうだよな、おれたちが精魂込めて造りあげた船だものな、與助」

ぎいっ
と竜骨が撓《しな》って軋《きし》んだ。

「おまえが造りあげた竜骨が泣いているぜ。おまえはこの大黒丸をどうしようというのか」

箕之吉の声は沈黙する與助を激しく叱咤《しった》した。

四

駒吉は火打石を打った。

何度かやり直した末に蠟燭《ろうそく》にようやく火を点した。

「駒吉さんか」

と左前方の床下に張りついていた箕之吉がいった。その声はどこか予想していたようだった。

駒吉は箕之吉に頷き返すと明かりを虚空に掲げた。

小さな光に暗黒の空間が浮かびあがった。

和船には見られない太い竜骨が駒吉の足元に走り、肋材が脇腹《わきばら》の骨のように左右に並んでいた。

天井までの高さは一間から半間、幅五間余、長さ六間余りの空間だ。

「駒吉さん、どこにいるか分かるか」

箕之吉が訊いてきた。

「分からぬ」

「百二十余尺の主帆柱二本の間に統五郎親方は、この隙間を造られた。大黒丸が横転するかも知れぬ大嵐《おおあらし》に出遭ったときにさ、ここに海水を溜《た》めこんで重しにする工夫だ。未《いま》だそんな目に遭ったことはないがね」

駒吉は箕之吉の声を聞きながら、明かりを移動させた。すると肋材と肋材の間の天井付近に痩《や》せこけた與助の顔があって、怯《おび》えた目をぎょろつかせて明かりを見ていた。

「與助さん、おまえさんがなにを考えて、大黒屋と敵対する側に与《くみ》したか知らない。もうおまえさんの遊びは終わった。こうなればすべてを総兵衛様に申しあげて、ご処置を仰ぎなされ」

「総兵衛様はおまえの家族が脅されていることもご存じだ。悪いようにはなさるまい」

箕之吉も口を揃《そろ》えた。

駒吉の翳《かざ》す蠟燭が動いた。すると、

「動くな、動くでない。大黒丸を沈めるぞ！」

と與助が悲鳴を上げるように叫び、樽《たる》を掲げた。

「火薬樽か」

箕之吉が呻《うめ》いた。

與助が隠し持っていた火縄を見せると、

「導火線に火を点《つ》ければ、一瞬にして大黒丸の船腹に穴が開くぞ」

と脅した。

「與助さん、分かった。落ちついてくれ、おれも箕之吉さんも動きはしない」

駒吉が言うと蠟燭を竜骨の上に固定させた。

これで駒吉の左右の手が自由になった。さらに蠟燭の明かりが目に入らぬ位置に静かに移動した。暗がりに目を慣れさせるためだ。

「與助、分からねえ」

と箕之吉が言い、訊いた。

「なんで統五郎親方を裏切る真似《まね》をした」

與助は答えなかった。

箕之吉もじっと我慢して與助が話すのを待った。

駒吉は、今度は箕之吉が與助に喋らせて気を鎮《しず》めようとしていることに気づいた。

「私も分かりません、與助さん」

駒吉も呼びかけるように言った。

重い沈黙の後、與助が喋りだした。

「大黒丸はおれのものだ」

「船大工が己の手掛けた船に惚《ほ》れることはあろうさ、おれも大黒丸にべた惚れだ。だが、この船を注文なさったのは大黒屋さんだ、分かるな、與助」

「………………」

「それもただの施主《せしゅ》じゃねえ。お上に睨《にら》まれながらも大船を造られ、異国との交易をなさろうとしていなさる。その覚悟があったからおれもおめえも大黒丸の建造に手を染めることができたんだ。船大工が船に手を加え、細工できるのは建造のときだけだ。隠し穴を造ったり、船底へのからくり戸を造ったり、與助、おめえは勘違いをしているぜ」

「大黒丸はおれのものだ」

繰り返される言葉を聞いた駒吉も箕之吉も、與助が暗黒の船底での暮らしに気が狂い始めたと思った。

「親方は、長崎におれを行かせてくれなかった」

「親方の命だ、弟子がうんぬんするこっちゃあねえや」

「年下の箕之吉を指名しなすった」

「おれはおめえの兄弟子だぜ。それにおめえは弟子入りしたときからの愚図だ、仕方あるめえ」

「試しの船乗りからも外された」

呪詛《じゅそ》するような言葉が続いた。

「だが、親方は、今回の大黒丸の南蛮行きにおめえを選んで応《こた》えなすったじゃねえか」

二人の会話を聞きながら、駒吉は懐の鉤縄《かぎなわ》を片手に摑《つか》みだしていた。

「遅かったんだ」

と叫ぶように與助が答えた。

「なにが遅い。統五郎親方の弟子は何十人といるんだ、おめえはおれに次いで二番目に選ばれたんだぜ」

「違う！」

「なにが違うんだ！」

年下の兄弟子が叫び返した。

「品川宿の土蔵相模《どぞうさがみ》に勤めに出ていた妹のおつやが身請けされたんだよ」

「身請けだって、悪い話じゃあるめえ。だれに身請けされた」

箕之吉の応答には訝《いぶか》しさが籠《こ》められていた。

「隆円寺真悟という武家だ」

「隆円寺だと！　伊勢神宮の五十鈴《い　す　ず》川で水死したはずだが」

と訝しくも叫んだのは駒吉だ。

「駒吉さん、白髪の臑造という放れ忍びの主《あるじ》も確か隆円寺真悟という名ですぞ」

箕之吉は総兵衛と白髪の臑造の対決を半睡半覚の意識の中で聞いていた。そして、うろ覚えにこの名を記憶していた。

「大黒屋と敵対してきた人物だが、生きていたとはな」

駒吉は此度《こたび》の柳沢吉保の戦いを指揮する者は、不死鳥のように蘇《よみがえ》った隆円寺かと肝に銘じた。

「おつやさんは隆円寺に身請けされて、どうなった」

「白金今里村の屋敷に匿《かくま》われている」

「おめえは、おつやさんの命を助けるために統五郎親方を、大黒屋総兵衛様を裏切ったというのか」

「そうだ」

と答えた與助の声は弱々しかった。

「違うな、與助。おめえはこの大黒丸をわがものにしたかっただけのことだ。おつやさんは言い訳に過ぎめえ」

しばし沈黙があって、

「そうかも知れねえ」

と與助が答えた。

「正直じゃねえか」

「兄弟子のおまえは騙《だま》せぬ」

「おれもおめえと同じように大黒丸に惚れぬいた船大工だからな。與助、隆円寺真悟からおめえが受けた命はなんだ」

「大黒丸の航路を知らせること」

「知らせたか」

と駒吉が箕之吉に代わって訊いた。

「知らせた」

「小浜湊《みなと》だな」

「いや、江戸湾を出る折、竹筒に入れて海に流した」

「待て、大黒丸の航路など主船頭の忠太郎様の他、数人しか知らぬことだぞ」

うふふふっ
と與助が暗い笑い声を上げた。

「主船頭の部屋に忍びこめば分かることよ、海図もあれば船日誌もあろう。主船頭はその日の出来事を記すだけではないぞ。大黒丸の立ち寄り港が書いてあれば、航路など推量はつく」

「なんということか」

と駒吉は大黒丸の極秘事項が内部の者の手によって敵方に知らされていた事実に驚愕《きょうがく》した。それも江戸湾口を出るときには柳沢一派にもたらされた可能性があった。

「與助さん、大黒丸の船隠しを相手に知らせたか」

道三河岸一派は未《いま》だ浦郷村深浦の船隠しがどこか調べがついていなかった。だが、江戸湾のどこかにあることは承知していた。だからこそ湾口で待ち受けていたのだろう。

「おれが命じられたのは大黒丸の行き先だ」

「知らせてないな」

「ない」

と與助が言い切った。

さらに駒吉が訊いた。

「與助さん、おまえさんは大黒丸の運命を承知か」

「知らねえ」

と投げ遣《や》りに與助が言い切った。

「大黒丸はだれにも渡さねえ」

「與助、狂ったか」

箕之吉が責めるように叫んで訊いた。

「狂っちゃいねえぞ、箕之吉」

「いや、狂ってる」

「大黒丸をおれだけのものにする手を考えた。この與助だけの船にだぞ！」

駒吉は鉤縄をすでに右手に保持していた。だが、その先端は暗がりに隠されていた。

「與助、おまえのお父つぁんも大工の棟梁だ。その倅なら分かろうというもんじゃないか。施主あっての大工だぜ、渡した家や船に執着してどうなる。身を滅ぼすだけだぜ」

「よう言うた、おれは身を滅ぼして大黒丸をおれのものにするんだ」

與助が船腹の内側の壁に反りあがった肋材《ろくざい》に中腰で立ちあがった。手には種火が持たれ、足元には火薬樽が置かれて導火線が延びていた。

「馬鹿《ばか》なことを考えるんじゃねえ！」

狂気に憑《つ》かれた眼差《まなざ》しで與助が箕之吉を睨《にら》んだ。

そのとき、駒吉の右手の鉤縄がぐるぐると回され始めた。

「箕之吉、おまえにもよく叱《しか》られたが、これで終わりだ」

種火が導火線へと近づけられた。

「ひえぇっ！」

箕之吉が悲鳴を上げて、尻餅《しりもち》をつくように船底にへたりこんだ。

その瞬間、駒吉の鉤縄が虚空《こくう》を一直線に飛んで、種火を持つ與助の手首に絡《から》むと肋材の反りあがった上から船底に引き落とした。

「やった！」

箕之吉が喚声を上げた。

駒吉も立ちあがった。

だが、一番俊敏に動いたのは、與助だった。

船底に叩《たた》きつけられながらも機敏に立ちあがると鉤縄に捕《と》られたとは反対の手を懐に差しこみ、鑿《のみ》を摑みだした。

「與助！」

箕之吉が悲鳴を上げた。

駒吉は鉤縄の端を右手で摑みながら動かなかった。

「與助は死んで大黒丸の船魂《ふなだま》になるぞ！」

絶叫した與助が心の臓を目掛けて鑿を突き立てた。

「ううっ！」

痛みを堪《こら》えながらもさらに突き刺した與助が、

がたん

と背の肋材の間に崩れ落ちた。

「よ、與助」

箕之吉の声が泣き声に変わった。

総兵衛は黙然と何事かを考えていた。かたわらには風神の又三郎がじりじりとした思いを抑えて控えていた。

大黒丸の作事部屋の中だ。

船は暗黒の海を肥前平戸沖へと疾走していた。

大黒丸では改めて操船に関わる忠太郎らを除く全員で大黒丸船内の捜索が行われていた。それは船倉部分を含めた大掛かりなものだが、未だどこからも箕之吉と駒吉が発見されたという知らせはなかった。

「又三郎、何刻《なんどき》か」

「もはや九つ(午前零時頃)は回った頃かと」

「二人して神隠しということもあるまいに」

総兵衛の思いはそこに行き着いた。

さらに四半刻、半刻と過ぎた。

作事部屋の戸が叩かれ、捜索を指揮した水夫頭の伍助が姿を見せて、

「総兵衛様、何処《どこ》にも二人の姿は」

「ないか」

「ございませぬ」

と沈痛の顔付きで報告した。

「よし、捜索隊を解散させろ、しばしの間、休むのじゃ」

「総兵衛様は」

うーむと答えた総兵衛が、

「しばし作事部屋にて待ってみようか」

と答えたものだ。

再び狭い作事部屋に総兵衛と又三郎が残された。

瞑想《めいそう》する総兵衛になにか言いかけた又三郎が黙りこみ、無言の行に入った。

時だけが過ぎていき、その間も大黒丸は緩やかな波にうねりながらも疾駆し

ていた。

ふいに総兵衛の両眼が開き、又三郎が立ちあがった。

「この音は……」

又三郎が船腹の内張りの板に耳を当てた。

「なんぞこの奥からものを引きずるような音がいたします」

「どうやら與助が手を加えたのは絵図面の隠し穴だけではなかったようだな」

総兵衛が言ったとき、作事部屋のからくり戸が開いて、駒吉の背中が見えた。

そして、ぐったりした與助の亡骸《なきがら》が引きだされ、箕之吉も現れた。

「大黒丸はからくり船か」

総兵衛が駒吉に問うた。

「総兵衛様、大黒丸にはこの世とあの世がございますぞ。われら、ようように

して黄泉《よみ》の国から戻って参りました」

と答えると自ら命を絶った與助の亡骸を床に寝かせた。

「又三郎、二人の戻ったことを主船頭だけに伝えるのだ」

「はっ」

「それとなにが起こったか知らぬが、與助の通夜《つや》じゃぞ。酒を持って参れ」

畏《かしこ》まった又三郎が船大工の作事部屋から飛びだしていき、その間に駒吉と箕之吉が與助の持ち物の中から真新しい手拭《てぬぐい》や浴衣《ゆかた》を出して、傷口の血を拭い取った。

そこへ又三郎が酒の大徳利といくつかの茶碗《ちゃわん》を手に戻ってきた。

「よし、話せ」

箕之吉が畏まって、

「私が異変に気づいたのは絵図面にございます。船出した後に手を加えた箇所が與助の絵図面にはございました。それは船底に潜りこまねば分からぬ改善箇所にございます。そこで私は與助が繰り返し、船底に潜りこんでいたと考えたのでございます……」

と前置きして隠しからくり戸の発見から船底への捜索、そして、與助が暗がりに潜んでいることを突きとめたことを話した。

話し手は駒吉に変わり、

「私は作事部屋に来て、船底から吹き上げてくる風でからくり戸に気づいたのでございます。それは箕之吉さんが忍びこみ、わずかに隙間《すきま》を残しておかれた跡にございました」

と暗黒の冒険行と與助との会話、さらには與助の死の模様を語った。

「なんとのう、大黒丸が與助を狂わせたか」

「まったくもって奇怪なことにございます」

と駒吉が言い、箕之吉が、

「いえ、大黒丸がそれほどの船ということにございます」

と反論した。

総兵衛は茶碗に酒を注ぎ、與助の枕元《まくらもと》に置いた。さらに別の茶碗に酒を注ぐと一口、
くいっ
と呷《あお》ると駒吉に回した。

「よう、そなたらは黄泉から戻ってきたな」

駒吉が両手で押しいただき、一口飲むと箕之吉に回した。

「又三郎、われらが行く手に次々と危難が待ち構えておるは、常なることよ。

ちと気になるのは、與助が相州浦郷村の深浦船隠しを出た直後に大黒丸の航路を承知していたことだ。それも主船頭の船室に出入りしてという、それほど大黒丸は杜撰《ずさん》なものか」

又三郎が顔を横に振り、

「忠太郎様は部屋を出られるときには必ず鍵《かぎ》をかけられます」

と否定した。

「総兵衛様」

と駒吉が大黒屋の主《あるじ》の名を呼んだ。

「われら、そのからくり、承知にございます」

「なにっ！　からくりを承知とな」

「なぜ與助が大黒丸の機密を逸早《いちはや》く知ったか、箕之吉さんと船底にて話し合いましてございます。そこでわれらは與助が船底の隙間を伝い、主船頭の部屋の天井付近まで接近する道を見つけだしたのでございます。與助はときに壁上の空気穴の格子《こうし》を外して、部屋に侵入した跡がございました。となれば、忠太郎様が書き止められる船日誌などを読む機会もあろうかと」

「驚いたものよ」

「総兵衛様、船底の迷路、塞《ふさ》ぎましょうか」

と箕之吉が訊《き》いた。

「忍び屋敷のからくりが大黒丸に仕掛けられておるとは、驚き入った次第だな。が、ちと総兵衛に考えさせよ」

と答えた総兵衛が残った茶碗の酒を飲み干すと、

「又三郎、夜明けも近いが與助の通夜を致す。支度をせえ」

と命じた。

# 第五章 海賊

## 一

若狭《わかさ》湾を出て以来、初めて大黒丸の三段帆が縮帆されて玄界灘《げんかいなだ》から平戸沖へと入りこみ、平戸島の北端を回って度島《たくしま》と平戸島の間の海峡を抜けると長崎鼻から薄香《うすか》湾へと入っていった。

薄香湾は、平戸藩六万一千七百石を治める松浦《まつら》氏の居城の平戸城下の西にあたった。

この城下町は平戸島の北端に近く、西側から薄香湾が入りこんでいるために東西がぐいっとくびれていた。

城下の玄関口は東側の平戸湊《みなと》にあったが、大黒丸は人目につきにくい裏側に停泊しようとしていた。

夜五つ半（九時頃）の刻限だ。

朝の早い漁村の薄香はすでに眠りに就いていた。

大黒丸の船上から火矢が一本、二本と浜に向かって上げられた。火矢は大きな円弧を描いて暗い海に落ちた。

大黒丸は薄香沖に投錨《とうびょう》し、仮泊した。

その主帆柱に水夫《かこ》が昇り、さらには舳先《へさき》や舷側《げんそく》に見張りがついた。

大黒丸の司令塔である艫櫓《ともやぐら》には主船頭の忠太郎らが鉄砲を携えて配置についており、万が一の事態に備えていた。

緊張の刻限が過ぎていく。

すると密《ひそ》やかにも帆柱上から、

「合図があったぞ」

という報告があり、薄香湊から一隻《せき》の伝馬船《てんません》が大黒丸に漕《こ》ぎ寄せられてきた。

総兵衛が前もって平戸島に派遣して、補給品の品揃《ぞろ》えを準備させていた先乗《さきのり》方の桃三郎《ももさぶろう》が大黒丸から垂らされた縄梯子《なわばしご》をするすると上がって姿を見せた。

桃三郎もまた明神丸で船商いを叩《たた》きこまれた鳶沢《とびさわ》一族の者だ。

総兵衛は平戸島に中継補給基地を設けたくて桃三郎を先発させていたのだ。

「忠太郎様、すでに支度を終えてございます」

桃三郎はそういうと大黒丸が停泊している場所より北側をさし、数日前より新鮮な野菜や魚など食料品、油、水、薪炭《しんたん》などを積んだ二百石船を待機させているといった。

「桃三郎、ご苦労であったな」

その声に振りむいた桃三郎が思いがけなくも主《あるじ》の巨軀《きょく》を見出《みいだ》して、

「総兵衛様」

と驚きの声を上げた。

「ちと事情があってな、駒吉を伴い、大黒丸を追って参ったのだ」

と説明した。

「大黒丸にてご一緒できますので」

「よろしゅう頼むぞ」

「はっ」

と桃三郎が畏《かしこ》まった間にも大黒丸は、仮泊地から抜錨して、二百石船が待機している海へと接近していった。

「又三郎、そろそろと進め」

忠太郎が夜の湾内航行に神経を使うよう命じて、大黒丸はゆっくりと移動した。

総兵衛は、短い期間に巧みな操船法を覚えた忠太郎の腕前に感心していた。

薄香湾を舞う、微妙な風を捉《とら》えた大黒丸は、二百石船の松浦丸の舷側《げんそく》すれすれに接近して止まった。

「太郎吉《たろきち》船頭、予《か》ねての手筈《てはず》どおりの荷積みをお願いしますぞ！」

大黒丸の接近にすでに支度に入っていた松浦丸の胴ノ間を塞《ふさ》ぐ揚げ板の上には、桃三郎が平戸湊で買い入れた品々が積みあげられていた。

二百石の松浦丸と南蛮型巨船との甲板には高低差があった。

だが、大黒丸の甲板から帆桁《ほげた》を利用した滑車付きの縄が下ろされ、もっこに入れられた野菜などが次々に大黒丸へと移されていった。

なにしろ大黒丸には水夫頭の伍助と荷方頭の勝之助に指揮された水夫たちが十数人もいたから、あっという間に荷積みが終わった。

松浦丸に移乗した桃三郎が支払いの精算をなしたときは、七つ（午前四時頃）前だった。

総兵衛は富沢町の大黒屋に宛《あ》て與助の顚末《てんまつ》を詳しく書いた手紙を松浦丸の船頭に預けた。そして、その中で統五郎親方に與助の一件を告げるように指示していた。

夜の闇《やみ》の中で荷積みを完了した大黒丸は再び碇《いかり》を上げて、大海へと出ていった。

操船指揮を又三郎と交替した忠太郎が総兵衛の船室に報告にきた。

「総兵衛様、これで琉球《りゅうきゅう》を一気に目指すことになりますが、よろしゅうございますか」

うーむと頷《うなず》いた総兵衛が、

「大黒丸の食料、水、薪炭は満杯じゃな。これで寄港なしにどれほどの航海ができるな」

「相州浦郷村の船隠しを出た大黒丸には二十五人が乗り合わせておりました。船大工の與助が箕之吉に代わり、さらに総兵衛様、駒吉、桃三郎と三人が新たに乗り組み、総員二十八人にございます」

近海を航行するだけの和船の乗り組みの陣容から考えれば、多いと言える。だが、異国の海を長期間航海し、時に海賊たちと戦わねばならない外洋型商船としては少ない陣容だった。それだけに大黒丸では一人が何役もこなすことが要求された。

大黒丸よりも小さな唐人船には女子供も含めて七、八十人から百人が乗り組んでいることもあった。

また大型の南蛮帆船には三百人も乗り組んでいた。

「生野菜などは最初の十日余りの航海でなくなりましょうが、塩漬けの魚や糠《ぬか》漬けの野菜で暮らせばほぼ一月、節約をいたさば四十五、六日の航海には耐えられましょう」

「となればあとは道三河岸《どうさんがし》がどこでどう仕掛けてくるかじゃな」

「大老格の柳沢様が日本を離れた異国でどのような力を発揮なされるか、楽しみにございますよ」

忠太郎の語調には、

「とてもそのような力はあるまい」

という響きがあった。

「隆円寺真悟が柳沢様の意を受けて、われら鳶沢一族に立ち向かうのは、四度目じゃぞ。此度《こたび》が最後の戦《いくさ》と承知で仕掛けてこようし、負けるわけにはいくまい。三度の敗戦でわれらの力を存分に知り尽くしておる者が考え抜いた策、侮《あなど》ってはこちらが足を掬《すく》われる」

「なれば、気を引き締めなおして訓練に励みましょうかな」

忠太郎が自らに言い聞かせるように答えた。

生月島《いきつき》から宇久島沖の北を抜け、五島列島を通過した大黒丸の船上に、突然主船頭の忠太郎の非常呼集の命が下った。

手代の稲平がほら貝を吹き鳴らすと当直非番に拘《かかわ》らず、甲板に飛びだしてきた。

操船を指揮する艫櫓《ともやぐら》には主船頭の忠太郎、助《すけ》船頭の又三郎、補佐方の稲平、操船方の新造、舵《かじ》取りの武次郎らが控えていた。

「ただ今より砲術訓練に入る。操船方、炊方《かしきかた》、船大工を除いた全員は、大砲引き出し、砲撃準備、砲弾込め、砲撃準備完了まで一連の動作を繰り返し行う。初めて砲術訓練を見る者もおるで、本日は両舷側一門ずつを使い、経験者のみでゆっくりと繰り返し行う。この又三郎を始め、初心の者たちはまず作業の手順を見学して覚えよ!」

と助船頭の又三郎が非常呼集の趣旨を告げた。

「解散!」

一旦《いったん》、非常呼集が解かれ、非番組は水夫部屋に戻った。

再びほら貝が鳴り渡った。

熟練者たちが迅速に動いて、左舷右舷の両側甲板下の一角から一門ずつ速射式の重砲が運びだされ、両舷側の砲架台に固定された。

なんとも見事な作業で流れるように行われた。

又三郎には動きの手順さえ見えないほど迅速な行動だった。

「又三郎、これが荒天の海で行われるのだ」

「はっ」

「もそっと近くで見よ」

主船頭の忠太郎の命で操船指揮が又三郎から新造に代えられた。

風神の又三郎も補佐方の稲平も初めての航海、南蛮式の砲術経験など初めてのことだ。

そこで忠太郎は、又三郎と稲平にも砲術稽古《けいこ》に加わらせた。

「恵次、加十《かじゅう》、此度は急がずともよい。初めての者に確かな手順を見せるのじやあ！」

忠太郎が改めて注意を与えた。

両舷側には砲術方の小頭がいて手下を指揮していた。

右舷四門を加十が担当し、左舷四門を恵次が指揮して淀《よど》みなく執り行うのだ。

青島《チンタオ》で仏蘭西《フランス》商船から購入された大砲は、一門八十余貫（約三〇〇キロ）の軽砲四門と百数十貫（五、六〇〇キロ）の重さの重砲四門で、車輪付きの台車に載せられていた。

それを四人から六人がかりで引きだし、所定の砲架台へと固定するには機敏な動き、集中力、相互の助け合いが必要であった。

二度目は先ほどよりもかなりゆっくりと行われた。

「少しじゃが手順が分かった」

又三郎が正直に恵次と加十に感想を述べた。

「助船頭、馴《な》れにございますよ」

二人の砲術方は、青島で購入された重砲の操作を仏蘭西商船の乗組員から直《じか》に手解《てほど》きされていた。

その後の航海中もその訓練を余念なく繰り返してきただけに一瞬の遅滞もないほど腕を上げていた。また三浦三崎沖で実際の砲撃戦を体験してさらに自信を持ってもいた。

「恵次、加十、三度目は、初めての者たちに分かるように要所要所で動きを止めて行え」

忠太郎が命じて、二門の重砲が武器庫に再び仕舞われた。

三度《みたび》、ほら貝が鳴って非常呼集がかけられた。

さらに武器庫から引きだされて砲架台に設置されたところで、忠太郎が作業の動きを止めさせた。そして、又三郎らに実際に加わらせて引き出し訓練を繰り返し試させた。

「重くはあるがこつさえ飲みこめば、砲架台になんとか設置できそうだな」

又三郎が呟《つぶや》くのを加十が、

「助船頭、実戦になれば船足も上がり、船も大きく揺れまする。一旦《いったん》均衡を崩したが最後、砲身ごと吹き飛ばされて人の体など粉々に砕けるそうにございます。まず基本の手順をしっかりと体に叩きこんで覚えさせるのです」

仏蘭西商船の乗組員から口をすっぱくして教えこまれた言葉を告げた。

「心せねばならぬ教えだな」

又三郎は自ら胸に刻むように言った。

忠太郎の命令どおりに操作の途中途中で動きを止めて、初めて砲術訓練に加わる者たちに作業の手順を丹念に覚えこませた。

地道な訓練が終日続き、その日の終わりの頃には又三郎に指揮された駒吉ら初心者組でもなんとかゆっくりと砲架台に設置できるまでになった。

その模様を着流しの腰に鳶沢一族の象徴たる三池典太光世《みいけでんたみつよ》を落とし込んだ総兵衛が舳先櫓から独り屹立《きつりつ》して黙然と見おろしていた。

その夕刻、総兵衛が炊部屋に下りると駒吉らが加十から西洋式の中空金属球に火薬、散弾を詰めた爆裂りゅう弾を飛ばす仕組みを学ばされていた。

「なんと大砲から撃ち出される砲弾は、間合いが自在にとれるのですか」

「幕府を始め、大名諸家の砲術は、鎖国政策の影響によって大いに遅れておる。また秘伝ゆえに西洋の新しい砲術から何十年も取り残されておる。大黒丸の大砲八門は、砲身の角度や火薬の量を変えることによって撃ち出して到達する距離が変えられるようになっておる。だが、それも精密なものではないぞ、駒吉。大砲によく習熟してじゃ、馴れることが一番よ。主船頭は、できるだけ早い機会に駒吉たちに実射稽古をさせたいと願っておられる」

「加十さん、三浦三崎沖で鉄甲船が粉々に砕けるのを見た。砲弾の勢いとは凄《すご》いものですね」

「あれは相手がわれらの大砲を知らなかったのよ。ゆえに赤子の手を捻《ひね》るような船戦《ふないくさ》であった。だがな、駒吉、これから先は違う」

「どう違いますので」

「南蛮船も唐人船もわれらと同じような大砲を積んでおるのだ。となれば、腕の確かなほうが勝つ」

「腕の差ですか」

「おう、いたずらに大砲を撃つだけでは高波に揺られて走りまわる相手の船には当たるまい。標的との角度を自在に保ち、敵方の船に対して有利な位置取りをするのがまず大事だ。砲架台に載せられた大砲の角度は変えられても左右に振りまわすことはできぬでな。操船方と砲術方が阿吽《あうん》の呼吸で敵に対するようにならぬと砲弾は相手に当たらぬものよ」

加十は青島で習った知識を初心者の駒吉たちに必死で伝えようとしていた。

加十の話を聞きながら駒吉は、

(南蛮から習うべきことはたくさんある)

と肝に銘じていた。

大黒丸では昼夜にわたって操船訓練と砲術訓練が繰り返された。

その成果は三日目にして現れた。

又三郎、稲平、駒吉ら初心者だけで武器庫から大砲を引きだして砲架台に固定し、装弾し、照準を定め、発射準備を終えるところまで遅滞なく行うことができるようになっていた。

そこで忠太郎の判断で屋久島に向かって南下航行しながら初心者だけの実射訓練が行われることになった。

「又三郎、この数日で体に叩きこまれたことを一つひとつ丁寧にこなして心して行え。急ぐ要はないぞ」

主船頭の忠太郎が注意を与え、帆柱上の檣楼《しょうろう》に見張りの喜一《きいち》が立った。

「主船頭、どこを見まわしても船影ひとつないぞ！」

喜一が百二十余尺の高みから報告した。

「よし！」

忠太郎が頷くとほら貝が鳴り響き、
戦闘態勢に入った。

武器庫から百数十貫目の重砲一門が引きだされ、左舷の前方の砲架台に固定された。

「装弾！」

又三郎の命に組下の稲平も駒吉も必死に従った。

「装弾完了！」

そのとき、望遠鏡を覗《のぞ》く艫櫓の指揮所から、

「左舷横手、岩礁《がんしょう》に狙《ねら》いを定めよ！」

と八丁（約八七〇メートル）先の岩礁が目標物に指定された。

「照準計測！」

と又三郎が再び叫ぶと、稲平が目標までを計測して重砲の角度を調節した。

「照準完了！」

又三郎は手順を胸の中で検《あらた》め、眼前の黒光りする砲身を仔細《しさい》に点検した。教わったことと違ったところはない。

「発射準備完了」

落ちついた又三郎の声に稲平が復唱した。

「発射！」

命の後に一瞬の間があった。

（あれ、失敗か）

駒吉は思わず両耳を押さえた手を離した。

その瞬間、重砲の砲口に光が走り、
どどーん！

という砲声が殷々《いんいん》と響いて、砲弾が発射された。

大黒丸が大きく揺れた。

駒吉は耳鳴りに襲われた。だが、そのことよりも自分たちが装塡《そうてん》した砲弾が海上に大きな弧を描いて飛ぶ光景に目を奪われていた。

（なんという凄《すさ》まじさか）

脳天から爪先《つまさき》まで全身を突き抜けた衝撃の後に見舞われた恍惚《こうこつ》の感覚は駒吉が初めて体験することだった。

耳の中ががんがん鳴っていた。

「着弾、目標越え二丁半！」

帆柱上から見張りが叫び、又三郎たちにも岩礁の先に白い波が上がったのが見えた。

(凄い、南蛮の大砲の威力は凄いぞ)

耳鳴りの中で駒吉は小躍りする思いに襲われていた。

「砲身腔内《こうない》洗浄!」

又三郎の声がどこか遠くで響いて、駒吉は次の作業にかかった。

その夕暮れ、駒吉は間断のない耳鳴りに襲われながらも高揚した気分で夕餉《ゆうげ》を食していた。それを見た総兵衛が、

「駒吉、丼飯《どんぶりめし》を掻《か》きこむところを見ると船酔いは治ったか」

と訊いた。

「総兵衛様、あの大砲の音を聞きましたら、船酔いなんぞは吹き飛びましたぞ。ですが、今度は砲声に打たれて耳鳴りがして、総兵衛様の声もなんぞ百里の彼方《かなた》から響いてくるようです」

と笑った。

「忙しい奴《やつ》よのう」

そこへ助船頭の又三郎が姿を見せて、

「総兵衛様、艫櫓《ともやぐら》までお出《い》で願えますか。主船頭が相談したきことがあるそうにございます」

と知らせにきた。

総兵衛が大黒丸の指令所に行くと忠太郎が、

「どうやらわれらの行く手に嵐《あらし》が待ち受けているようにございます。空の雲も激しく動き、気候も節目に差しかかっておると予測しております」

「避けようはないか」

「もはや」

「となれば突っ切るだけか」

「はい」

「これもわれら大黒丸に初めて乗った者たちの試練と思い、耐えようか」

「全員に嵐到来を告げ、用意をさせまする」

「うーむ」

と答えた総兵衛に会釈《えしゃく》をして、又三郎が艫櫓から船室に戻っていった。

忠太郎らが予測したとおりにその夜半から大黒丸は押し寄せる荒波に揉《も》みしだかれることになった。

二

暗黒の夜、大黒丸が荒天の海を突っ走っていた。

斜め前方から巻くように吹きつける風を二本の主帆柱の横帆と補助帆を巧妙に操作しながら稲妻形に方向を変える間切り航法で嵐に抗しながら進んでいた。

舳《へ》先《さき》に大男が仁王立ちになり、波を被《かぶ》っている。

大黒屋総兵衛だ。

すでに全身がずぶ濡《ぬ》れだ。

だが、総兵衛は動こうとはしなかった。

大黒丸が点す船《とも》行灯《あんどん》の明かりにかすかに浮かぶ大波が変幻自在にかたちをかえて、大黒丸に襲いかかってくるのを飽きずに見ていた。

和船しか建造したことがなかった船大工の棟梁《とうりょう》統五郎の手掛けた南蛮型帆船は、

「和船の創意工夫」

と、

「南蛮船の利便耐久性」

を取りいれて、総兵衛が夢想していた以上の船になっていた。

そのことを体感したくて、総兵衛は舳先に屹立していた。

押し寄せる波は一つひとつ様相が異なり、波間に浮かぶ何ものをも海底に引きずりこむように襲いきた。

だが、大黒丸の舳先に突きだした鳶沢一族の象徴の双鳶《ふたつとび》の船首像が荒々しく襲いくる波を次々に切り分けて、船体が二つに分けられた波の力をさらに拡散して砕いた。

飛沫《しぶき》が総兵衛を襲い、足元からは飛び散った波の呻《うめ》き声が伝わってくるようだ。

（さあ、こい）

舳先がうねりに持ちあげられ、大黒丸の船体が、

ぎいっ

と軋《きし》んで、次の瞬間には波の間に舳先を突っこませていく。すると波が再び総兵衛の全身に叩《たた》きつけられた。

大黒丸の二本の帆柱の三段の横帆は一段目だけに縮帆されていた。だが、強過ぎる烈風を受けた帆は、壮大な推進力を発揮していた。

大黒丸は九州の西を南下して、大隅《おおすみ》諸島から薩南《さつなん》諸島沖を屋久島、口之島、中之島、諏訪之瀬《すわのせ》島、悪石《あくせき》島、宝島と吐噶喇《とから》列島を左舷に見ながら島伝いに琉球諸島へと接近していたのだ。

舳先が波に持ちあげられた。

さらに次には奈落《ならく》の底にでも沈みこむように沈降していった。

総兵衛はそれでも舳先から離れようとはしなかった。

艫櫓の操船指令所では主船頭の忠太郎と助船頭の又三郎、操船方新造、舵《かじ》取りの武次郎らが必死で大黒丸の安定性を保ちつつ走らせていた。

漆黒の海に月も星も隠されていた。

大海原を走る大黒丸が頼りにするのは各種の磁石と長崎に寄港する阿蘭陀《オランダ》船から買い受けた日本海図だけだ。そして、なにより正確に磁石の指針を読みこむ技が必要だった。

むろん艫櫓にも高波の飛沫が吹きつけてきて、全員がずぶ濡れだ。だが、艫櫓にいるだれもが大黒丸を信じていた。

二本の主帆柱の間の甲板にへばりつくように設けられた格納庫では帆前方の正吉と水夫頭の伍助がばたつく一段目の横帆を見ていた。

この格納庫《かこ》には予備の帆や綱や滑車など諸々《もろもろ》の用具が納められていた。

二人はその隙間《すきま》に座って風に孕《はら》んだ帆を見あげつづけていた。

「水夫頭、まだ余裕があるな」

正吉が不敵な言葉を洩《も》らし、伍助も、

「わが一段帆様は笑うてござる」

と言いのけたものだ。

水夫部屋では駒吉が蚕棚のような寝台に寝て、胸の奥から突き上げてくる吐き気と戦っていた。

目を瞑《つぶ》り、両手で棚板を摑《つか》んで大黒丸の動きに合わせた。ようやく大黒丸の揺れに馴《な》れたと思った駒吉だったが嵐には未《いま》だ耐えられなかった。

（糞《くそ》っ！）

大黒丸が捻《ねじ》りあげられて右舷《うげん》へと傾いた。

足元に寄っていた血が頭へと逆流して、
うっ
と新たな吐き気が襲ってきた。

（ああ、大黒丸に乗るなどという考えを起こさなければよかったのに）

駒吉は波に揺さぶられるたびに後悔し、押し寄せる波はいつ尽き果てるのかと考えていた。

船大工の作事部屋では箕之吉が総兵衛から与えられた、

「宿題」

に取り組んでいた。

総兵衛は與助が自ら命を絶った船底の空間から、自由に水を汲《く》み出す方法を考えろというのだった。

荒天の時、重し代わりにするために船底に海水を汲み入れるのは、甲板数箇所に設けられた溝穴の蓋《ふた》を開けばよい。甲板にまで襲いきた海水が溝穴を伝って船底の空間を満たすからだ。

だが、天候が回復し、船を軽くしようというときに安定性を増すために注ぎ込まれた水を吐きだすには、甲板に切りこまれた穴から井戸の水を汲むように桶《おけ》で営々と汲み上げるしか方策がなかった。

総兵衛は、

「箕之吉、甲板にいながらにして海に海水を即座に吐きだすからくりを工夫しろ」

というのだ。

（さてそのような道具ができるか）

図面を引こうと広げた紙は真っ白なままだ。

大黒丸に吹きつける波が強さを増したか、船体がさらに軋んで泣いた。

総兵衛の体は冷え切っていた。

だが、塑像《そぞう》のように立ったまま微動もしない。

その姿を船尾の艫櫓から見た忠太郎の頭に考えが浮かんだ。

「稲平、戦闘訓練を致す、ほら貝を吹き鳴らせ！」

「はっ」

と畏《かしこ》まった稲平が舵棒の近くに提げられたほら貝を吹き鳴らした。

ぶうう っ！

荒天の海に総員配置のほら貝が響き、水夫部屋に伝わっていった。すると蚕棚の寝所から飛び起きた水夫たちが次々に甲板へと飛びだしていった。

(嵐だというのになにをやらかすつもりか)

と呟《つぶや》きながら駒吉も吐き気を堪《こら》えて、仲間に続いた。

艫櫓下に水夫頭の伍助以下の面々が勢ぞろいして忠太郎の命を待った。

「ただ今より左右舷側に二門ずつ大砲を引きだして設置し、発射準備までの早さの競争を致す」

と命じた主船頭が、

「右舷の砲術頭は加十、左舷側は恵次に命じ、五本勝負とし、三本先取して勝

ち と致す。負けた組はさらに五本の稽古《けいこ》を科す。相分かったか！」

「おう！」

艫櫓から又三郎、稲平も甲板に下りて、競争に参戦することになった。

指揮所には主船頭の忠太郎、操船方の新造、舵取りの武次郎、補佐として帆前方の正吉が残り、舳先に総兵衛がいて、船大工の箕之吉は、待機した。ということは、左右二組に二十二人がいて、十一人がそれぞれの舷側の二門の運搬を担当することになった。

「箕之吉」

と舳先に立つ総兵衛が作事部屋の前に待機する箕之吉をかたわらに呼んだ。

「はい」

箕之吉が総兵衛のかたわらに走り寄ると、

「大工の目で見て工夫があれば遠慮なく申せ」

と命じた。

頭分の加十と恵次が組み分けされた十一人の部署を指示し、一旦《いったん》水夫部屋に戻された。

稲平に代わって正吉がほら貝を吹き鳴らした。すると間髪を容《い》れず甲板へと飛びだした二十二名が舳先櫓下と主帆柱下の武器庫から大砲を引きだす作業に入った。

「嵐で甲板が濡れておるぞ、足元を固めて手順どおりに引きだせ！」

「気を抜くな、波にがぶられた拍子に砲身が吹き飛び、押し潰《つぶ》されるぞ！」

二人の砲術頭が声をからして叫び、左右前後に揺れる甲板に重砲を引きだす作業に没頭した。

右舷側の加十は自分を除いた十人に一門の大砲を総がかりさせて運搬する方式を選んだ。車輪付きの砲台に載せられた砲身を八人がかりで押し運び、二名が綱を左右から砲身に巻きつけて暴走を制止しようという作戦だ。

一方、左舷の恵次は五人で一門ずつを担当させて一気に砲架台に運びこもうと考えていた。

一戦目、濡れて揺れる甲板と作戦の違いが勝敗を分けた。

左舷組の一つは武器庫から引きだしたところで船の傾きに煽《あお》られ、砲身が舷側へと転がっていった。なんとか駒吉が身を挺《てい》して重砲の砲身が舷側に激突することを止めて、船の破壊は免れた。

が、大きく手間取った。

その間に右舷組は十人が一致協力して一門ずつ砲架台に固定して、先勝した。

二戦目は左舷組も十人総がかり方式に作戦を変えた。だが、一戦目でこつを掴んだ右舷組が再び勝利した。

駒吉は、砲術頭の恵次に大力を認められて、砲身が暴走しようというときに綱を引っ張って止める役目を任されていた。

「われらは追い詰められた。三戦目こそ死守するぞ！」

恵次が悲壮な覚悟で檄《げき》を飛ばし、

「おう！」

駒吉らが呼応した。

そのせいあって三、四戦を左舷組が取り返し、勝敗を戻した。

五戦目は白み始めた夜明けに始められ、右舷側の加十組が僅差《きんさ》で二門ともに固定すると雄叫《おたけ》びを上げた。

「右舷組、発射用意！」

主船頭の忠太郎から栄光の発射が許された。

加十の命が晴れやかに響いた。

「一門目、発射！」

嵐《あらし》の海に轟音《ごうおん》が炸裂《さくれつ》し、さらに、

「二門目、発射！」

の号令に再び大黒丸が震えた。

駒吉たちは悔しい思いでその光景を見なければならなかった。

「箕之吉、なんぞ改めるところがあるか」

総兵衛が真剣な目で砲戦準備を見てきた箕之吉に訊《き》いた。

「片舷二門を設置するだけでこの騒ぎにございます。この倍の四門ずつを固定し、発射準備を整えるにはかなりの時間を要します。それでは船戦《ふないくさ》に遅れをとります」

「いかにも」

「総兵衛様、八門のうち両舷側二門ずつ、この舳先櫓下の左右、さらには艫櫓下の甲板に固定してはいかがにございますか。船首と船尾の甲板の両隅なれば、荷積みにもさほどの邪魔にはなりますまい」

「面白い、続けよ」

総兵衛の目は甲板を見渡していた。

「大砲は百数十貫の重砲と八十余貫目の軽砲がございますが、重砲を固定すれば、残るは軽砲四門にございます。砲撃態勢に移るのはさらに容易《たやす》くなろうかと思います」

「いかにも。無駄な苦労をすることなく逸早《いちはや》く砲戦に入れるな」

「はい。それに固定する大砲四門の砲身には覆《おお》いを帆布などで作りますれば、波や雨からも守れましょう」

「箕之吉、固定するに必要な材料は足りるか」

「車輪付き台車と砲架台を利用いたさば、さほどの材料は必要ございますまい。覆いは予備の帆布で造れます」

「忠太郎に許しを得ねばならぬが、そなたは絵図面を引いてくれぬか」

「直《ただ》ちに始めます」

と箕之吉が総兵衛の注文を承った。

舳先櫓で二人が話し合う間に負け組の左舷組が必死で罰をこなしていた。そして、勝ち組の右舷側も一緒になって砲門設置を手伝っていた。

夜が明けきって海は一段と激しい荒れ模様になった。

その昼過ぎ、総兵衛の船室に操船指揮を又三郎へ代わった忠太郎と操船方の新造、水夫頭の伍助、砲術方の恵次と加十が呼ばれた。すでに船大工の箕之吉が控えていた。

「何事でございますな」

忠太郎が総兵衛に訊いた。

「夜明け前の砲術訓練を箕之吉と見てな、考えた事がある」

と言った総兵衛は箕之吉に合図した。すると箕之吉がこの数刻《とき》を徹して描き上げた固定式砲台四門の素描とその位置を描きこんだ大黒丸の甲板図を卓上に広げた。

しばし見入った忠太郎が、

「恵次、加十、どうか」

と砲術方二人に訊いた。

「総兵衛様、主船頭、わっしらは仏蘭西《フランス》船から買い取った大砲を大事にし過ぎる余り、無駄な力を使っていたのかも知れませんな。確かに広いようで狭い甲板にございます。八門ともに固定してしまえば、万が一のときには役に立ちましょうが、荷積み荷下ろしに邪魔だ。だが、重砲四門だけを櫓下《やぐらした》に固定するのであれば、さほど邪魔にもなりませぬ」

と恵次が答え、加十も、

「これなれば残りの四門引き出しはそう難しいことではありません」

と頷《うなず》いた。

「箕之吉、付け加えることがあるか」

総兵衛に言われた箕之吉が、

「海上にての作業はせいぜい固定までにございましょう。この次、泊湊《とまりみなと》に停泊したときに重砲四門の砲弾庫を櫓下の壁を利用して造れば、さらに迅速な砲術が適《かな》うかと思います」

「どうだな、忠太郎」

「総兵衛様、異国の船に比べて大黒丸の乗り組みの陣容は少のうございます。一人で何役もこなさなければなりませぬ。それだけに箕之吉の考えは貴重かと思います」

「ならば早速実行に移すか」

「はっ」

と忠太郎が畏まって談合は終わった。

箕之吉は砲架台を両舷側の櫓下四隅に移す図面を引く作業に取りかかった。

その夕刻、総兵衛は忠太郎から大黒丸がだいぶ北の海に戻されているとの報告を受けた。

「嵐はいつまで続くと見ればよいな」

「空模様から明日には収まろうかと考えております」

「われら初めての乗船者にとってはまずまずの嵐、得がたき体験になったわ」

「それでも駒吉は寝所にへばりついておりますぞ」

と忠太郎が笑った。

「こればかりは馴《な》れかのう」

と苦笑いした総兵衛が、

「嵐のせいで道三河岸の企ても大きく狂ったかもしれぬて」

「そうなればよろしいのですが」

いつもとは反対の意見を総兵衛と忠太郎が述べ合った。


翌朝、嵐が静まった。

艫櫓《ともやぐら》で夜明け前の星を測天儀で測り、嵐で流された距離を計算して大黒丸の位置を割り出した。

その結果、硫黄鳥島《いおうとりしま》の北、百三十余海里（約二四〇キロ）にいると推測された。

一転して凪《なぎ》の様相を見せた海は青く澄みきり、総兵衛たちが未《いま》だ見たこともない景色だった。

大黒丸では朝から箕之吉の指揮の下に砲架台をずらして固定し、重砲四門を装着する作業が始まった。また同時に砲身を包む覆いが予備の帆布を利用して手縫いされていった。

箕之吉が予《あらかじ》め設計図を描き、砲架台と車輪付きの砲台を組み合わせる方法を考え出していたせいでその日の夕刻には、四門すべてが大黒丸の左右の舷側に設置されたばかりか、砲身が自在に前後し、十五度ほどだが、砲身を左右に振られる工夫までもが加えられていた。

さらに照準計にも工夫が加えられていた。

また右舷の舳先《へさき》下の固定砲が一番重砲、移動式の軽砲が二番砲、三番砲、さらに艫櫓下の固定重砲が四番重砲、左舷に移り、舳先から艫へ五番重砲、六番砲、七番砲、八番重砲とそれぞれの呼び方が決まった。

これで混乱が少なくなった。

その作業の間に大黒丸は嵐に流された距離を修正して、明日の朝にも琉球に接近するところまで航海していた。

総兵衛は、固定された重砲から砲弾が試し撃ちされる光景を艫櫓から見物した。

夕暮れの大海原に弧を描いて飛ぶ砲弾に大黒丸の乗り組みの者から喝采《かっさい》が湧《わ》いた。

着弾海面を望遠鏡で確かめていた忠太郎が、

「総兵衛様、これで砲撃戦に入る時間が随分と短縮されましたな」

と満足そうだ。

「商船に大砲を積むなど和船では考えられませぬが、異国を相手に商いをする南蛮船は当たり前のことですからな」

艫櫓に試しの砲術を指揮していた恵次がきて、

「箕之吉さんによい工夫をしてもらいましたぞ。照準合わせもだいぶ楽になりました」

と報告した。

「加十どんとも相談しましたが、万が一の場合、固定式の重砲で相手を直《す》ぐにも牽制《けんせい》し、その間に別の組が軽砲を引きだして砲戦に加わる方式を用いれば、戦に無駄がなくなるかと思います」

「明日から試してみよ」

大黒丸は濁った夕日を三段に広げた帆に受けて、琉球を目指してひたすら南下していた。

三

夜明け前、大黒丸の左舷《さげん》舳先櫓下に固定された五番重砲の砲声が南海の海に轟き渡った。

「着弾十丁先海面！」

帆柱上の檣楼《しょうろう》から見張りの喜一が叫ぶ。

「これは操作が容易《たやす》うございますぞ」

砲術方の恵次が呻《うめ》くように嘆声を漏らした。

「引きだす時間がいらぬだけに照準に余裕が持てますな」

もう一人の砲術方の加十も賞賛した。

「さらに改善すべきところはないか」

総兵衛の問いに恵次が、

「総兵衛様、細かいところはほんものの船戦をしてみねえと分かりませぬよ」

と余裕の笑いを見せた。

「これぱかりは相手がおらぬではどうにもならぬわ。四門ともに精々稽古を繰り返すことじゃぞ」

「畏《かしこ》まりました」

総兵衛はその足で甲板を歩いて船尾に向かった。

艫櫓には夜間航行を指揮してきた忠太郎とこれから当直に就く又三郎の主助二人の船頭がいて、大黒丸の位置計測をしていた。

「総兵衛様、ただ今は沖縄本島の西に浮かぶ伊江島沖六十五海里（約一二〇キロ）を南下しているところにございます。そろそろ本島の島影も見えて参りましょうぞ」

と操船方の新造が計測を終えて報告した。

「今日にも信之助《しんのすけ》、おきぬの顔が見られるか」

「首里《しゆり》の外湊の泊に大黒丸の到着を首を長くして待っておりましょうぞ」

と忠太郎が弟夫婦のことを言った。

信之助は長年富沢町の大黒屋の一番番頭を務めてきた。

大黒屋の海外進出計画に伴い、琉球の出店を任されて江戸を離れていた。それも奥向きの女中のおきぬと祝言《しゅうげん》を挙げた夜のことだ。

「懐《なつ》かしいのう」

総兵衛が言ったとき、右舷の四番重砲が発射されて大黒丸が揺れた。

その砲声を近くの海上で聞いた唐人船があった。

二隻《せき》の唐人船は、嵐で北の海へと流され、天候の回復を待って首里の沖合いへと戻ろうとしていた。

舳先と艫が反り上がり、船腹に大波除《よ》けの竹の簾《すだれ》が垂らされていた。

船頭の合図で竹の帆が布の帆に変えられた。

そして、二隻の唐人船は舳先を砲声が響いてきた海域へと巡らした。

隆円寺真悟は、澳門《マカオ》を拠点にした海賊船、イスパニア国アラゴン人の船長ドン・ロドリゴが率いる三檣《さんしょう》帆船カディス号の客室で赤葡萄《ぶどう》酒の酒盃《しゅはい》を握り締めていた。

真悟の頭髪は真っ白で椅子《いす》に座った体は大きく傾《かし》いでいた。

それは伊勢神宮を流れる五十鈴《いすず》川の鉄砲水に襲われた後遺症だ。

火之根御子《ひのもとのみこ》と称した大黒屋の小僧の栄吉が伊勢神宮に大勢の子供を引き連れ、参拝したときに突然襲いきた奇怪な鉄砲水で受けた傷跡だ。

奇禍から二十日後、真悟が五十鈴川河口附近の漁師の家で意識を回復したとき、頭髪は真っ白になり、左足が折れ曲がって、内臓もずたずたに打撃を受け、かろうじて生きている状態だった。

老漁師が漁の帰りに波間に浮かぶぼろ布を引き寄せると、それが虫の息の真悟だったのだ。

漁師夫婦の家に世話になり、八ヶ月余り療養の甲斐《かい》あって、命は取りとめた。だが、左足は外側に曲がったままで松葉杖《づえ》に縋《すが》ってようよう歩けるようになるまで数ヶ月を要した。

隆円寺真悟が恥を忍んで生き長らえたのは大黒屋総兵衛、いや、それは表の顔で、真《まこと》は隠れ旗本の鳶沢一族を率いる鳶沢総兵衛勝頼への恨みゆえだ。

真悟が初めて鳶沢一族と相見《あいまみ》えたのは、主《あるじ》の柳沢保明《やすあきら》が武州川越藩主時代のことだ。

藩主保明の命を受けた御番頭隆円寺真悟は、若い藩士から抜擢《ばってき》された戦闘部隊の道三組を率いて鳶沢一族に戦いを挑み、六郷河原で壊滅的な敗北を経験した。

その後、真悟は苦節の時を経て、総兵衛憎しの思いで鳶沢一族殲滅《せんめつ》に再び立ちあがった。

その折、真悟が頼りにしたのは、かつて自らも汗を流した柳生新陰流の異端の一派、柳生願念寺一統であった。だが、必勝の布陣を敷いたつもりであったにもかかわらず頼みの柳生宗秋は総兵衛に敗れた。

西国放浪の旅の後、三度隆円寺真悟は、鳶沢一族に挑んだ。

それが伊勢神宮五十鈴川の戦いだったのだ。

その間に主の柳沢保明は、川越から徳川一門の居城として知られる甲府宰相にと出世し、今や綱吉の寵愛《ちょうあい》を一身に集めた大老格松平美濃守《みののかみ》（柳沢吉保）として、江戸城に君臨していた。

飛ぶ鳥を落とす勢いの柳沢吉保にして儘《まま》にならない男が大黒屋総兵衛であった。

隆円寺真悟は放れ忍びの白髪の朧造と出会い、四度鳶沢総兵衛と一族壊滅の戦いに立ちあがることになった。

道三河岸と連絡を取り合った隆円寺真悟は臑造を伴い、肥前長崎に出向いた。大老格の親書を武器に唐人船と繋《つな》ぎをつけた真悟は、鳶沢一族殲滅のためにまず総兵衛が建造した大黒丸破壊作戦を敢行することにした。

柳沢吉保は真悟から企てを知らされたとき、すでに江戸湾口に大黒丸を鉄甲の軍船で迎え撃ち、撃滅する作戦を進行していた。

大黒屋総兵衛に勝利するために吉保は二つの作戦を同時に進行させた。

最初に大黒丸に戦いを挑んだのは、鉄甲船軍団だ。

だが、大黒丸が積みこんでいた最新速射型の大砲の前に鉄甲船もあえなく海底の藻屑《もくず》と化していた。

柳沢吉保に残る策は隆円寺真悟の練った、南蛮船を雇っての破壊作戦だけとなっていた。

真悟は、唐人船を介して澳門を拠点に南シナ海から東シナ海を航行する商船を襲う三檣帆船カディス号の船長ドン・ロドリゴと密約を結び、長駆カディス号に乗船して、江戸湾口に大黒丸の出船を待ち受けた。

作戦成功の暁には、カディス号の一年二度の長崎沖来航が黙認されることになっていた。むろん密輸船としてだ。

だが、江戸湾口では、大黒丸に乗り組んでいる船大工與助からの連絡がうまく取れず、大黒丸と遭遇できなかった。ただ大黒丸が予想外の北回り航路を取った後、與助が流した竹筒一本を拾いあげていた。

それによれば、此度《こたび》の大黒丸は、北回り航路を開拓しつつ、小浜湾、平戸島と寄港して琉球へ向かう予定という。

カディス号は琉球海域に先行し、大黒丸を待ち受けることにした。

大黒丸を待ち受ける陣容は、旗艦がカディス号、随伴船は唐人たちが乗り組む唐人船二隻で、三隻で船隊を組んでいた。

だが、数日前に吹き荒れた嵐が随伴していた唐人船二隻を北の海へと押しやって、旗艦カディス号から離れ離れにしていた。

隆円寺真悟は、長崎から唐人船に乗ってさらに南蛮の海賊船へと乗り移り、大海原をまるで己の庭のように自在に走りまわる異人たちの巨体と叡智《えいち》と度胸に感嘆せざるを得なかった。

その上、カディス号が真悟の目の前で葡萄牙《ポルトガル》商船への襲撃に見せた大砲や銃砲の威力と、接舷しての船戦《ふないくさ》の残忍非情の戦い振りにはただただ圧倒された。ドン・ロドリゴが率いる三檣帆船の戦闘能力がいかに凄《すご》いか、真悟は十分に承知していた。

カディス号に乗船して以来、日に日に、

（これなれば鳶沢総兵衛を完膚《かんぷ》なきまでに敗北に追いこめる）

という隆円寺真悟の思いは確信に変わっていた。

あとは琉球の首里を目指して航行してくる大黒丸を発見することだけが問題だった。

嵐の後の南海の海はあくまで澄み渡り、何十海里の先までも見通せた。

（さあこい、大黒屋総兵衛よ。積年の恨みを晴らしてやる）

真悟は赤い酒を満たした酒盃を手にした。

大黒丸の帆柱上の檣楼で見張りに立っていた喜一が駒吉に望遠鏡を渡した。

「駒吉どん、見てみな」

駒吉の眼下で甲板が、海面が揺れていた。

だが、駒吉が最初に感じたほどの恐怖感はなかった。

「なにが見えるな」

と望遠鏡を手にした駒吉が目に当てて覗《のぞ》いた。

大きく揺れる海面ばかりが映った。が、ふいに二隻の唐人船が全速力で大黒丸に接近しようとしている光景が望遠鏡に捉《とら》えられた。

「唐人船じゃがなんの用か」

「敵方の海賊船かも知れぬな」

と駒吉から望遠鏡を取り戻した喜一が艫櫓《ともやぐら》に叫んだ。

「助船頭よ、寅《とら》の方角からよ、二隻の唐人船が急接近してくるぞ！」

操船を指揮していた風神の又三郎が、

「商人船か、海賊船か！」

と問い返した。

「又三郎さんよ、甲板で大砲なんぞを引きだしているところを見ると味方ではなかろうぞ！」

喜一が再び駒吉に望遠鏡を渡し、

「よく観察したことを艫櫓に報告してな」

と言った。

駒吉はさらに近づいてきた唐人船の甲板を眺めると確かに大砲が引きだされ、武器庫から鉄砲やら槍《やり》やらが持ちだされて、戦闘態勢に入っている様子が確かめられた。

「よし、下りる」

という駒吉に、

「唐人船は中型船で乗り組みは二百人前後と報告してな」

と付け加えた。

「承知」

駒吉は帆柱上から甲板に向かって垂れた縄梯子《なわばしご》を伝い、するすると下っていった。それは大黒丸の帆柱上で悔し泣きしていた駒吉ではなく、鳶沢一族で身軽敏捷《びんしょう》を謳《うた》われた綾縄《あやなわ》小僧そのものであった。

駒吉はその途中で、

「総員配置」

　のほら貝の音を聞き、甲板に降り立ったときには、非番の水夫《かこ》たちが甲板へと飛びだしてきていた。

　駒吉は艫櫓の階段を二段飛びに走りあがった。するとすでに主船頭の忠太郎が操船指揮に就いていた。

「主船頭、唐人船二隻二百人乗り組みの中型にございます。すでに甲板には大砲が引きだされて、戦闘配置に就きつつあります」

「大黒丸との間合いはいかほどか」

「海上九海里（約一六・七キロ）ほどにございます」

「よし」

　と頷いた忠太郎が、

「戦闘準備」

　を命じた。

　操船指揮所の艫櫓に主船頭の忠太郎、操船方の新造、舵《かじ》取りの武次郎を残して、全員が甲板に下りるとまず四門の軽砲を次々に引きだして砲架台に固定した。

その間に右舷の砲術方加十が固定式の一番重砲と四番重砲の砲弾を装塡《そうてん》して、発射準備を終えていた。

二隻の唐人船は大黒丸の右舷《うげん》斜め前方からその姿を見せた。

総兵衛は舳先《へさき》に立つとその模様を眺めていた。

ざっくりとした小袖《こそで》の着流しの腰には、鳶沢一族の象徴たる三池典太光世が落とし差しにされていた。

「唐人船、四海里（約七・四キロ）に接近！」

見張りの喜一が檣楼から叫んで知らせてきた。

総兵衛の目にも独特の色彩に塗られた唐人船が波間に見分けられるようになっていた。

帆柱の上には横長の色鮮やかな吹き流しが何流も棚引いていた。

総兵衛は大黒丸の艫櫓を振り見た。

忠太郎は腰に刀と短筒を落としてすでに肉眼で見え始めた唐人船を見ていた。

操船方の新造は肩に斜めに大剣を背負い、大力の舵取り武次郎は、かたわらに大薙刀《なぎなた》を立てかけていた。

総兵衛の視線は甲板に行った。

八門の大砲には重砲にも軽砲にも二人ずつが従い、鉄砲を構えた者たちがその背後を固めていた。

「唐人船三海里（約五・六キロ）に接近！」

総兵衛は再び唐人船二隻に視線を戻した。

波間を切る船底が刀のように鋭い唐人船の反りあがった舳先には、すでに戦闘態勢を整えた唐人が何人も見えた。

大きさはほぼ大黒丸と同じだろう。だが、船上に群がる人の数は大黒丸の何倍も多く、さらには女たちの顔も見えた。

倭船《わせん》を襲い、戦利品を奪う。

このことに唐人船は熱中していた。

大砲は総兵衛が見るかぎり、片舷に三門のようだ。その周辺にも大勢の男たちが群がり、戦闘を待っていた。

二隻の唐人船のうち一隻が大黒丸の反対側に回りこもうとした。

だが、忠太郎と操船方の新造が巧みにその鼻先を押さえて左舷側に回りこむことを許さなかった。

船足は大黒丸の方が数段速かった。

残る問題は接近戦になったときの船の切れ上がりだ、それが戦の勝敗を決めることになる。

「二海里（約三・七キロ）に接近！」

見張りの喜一の声が天から降ってきた。

「喜一よ、双鳶《ふたつとび》の戦旗を揚げろ！」

大黒丸の帆柱上に鳶沢一族の戦旗が広がった。

駒吉の胸の中で血が熱く燃え滾《たぎ》った。

さらに唐人船が接近し、唐人の顔も見えてきた。

「よいな、砲門を開くは半海里（九二六メートル）を切ったときだ。右舷舳先下の一番重砲から四番重砲へと繋ぐ。さらに接近して二番、三番砲と間を置くことなく砲撃するぞ！」

加十が右舷方四門に命じた。

左舷砲術方の恵次ら八人も右舷の加勢に加わってきた。

大黒丸は右舷に二隻《せき》の唐人船を迎えているのだ。となれば、左舷側の要員は待機するしかない。そこで人数の少ない大黒丸では砲撃を担当する舷側へと合流する決まりだった。

これで一門四人体制ができた。

左舷砲術方の恵次は四番重砲の指揮に当たった。

「さあ、来い」

一番重砲の応援に回った駒吉が小さく呟《つぶや》く。

「まだまだ」

加十が言ったとき、唐人船の大砲の砲口に白い煙が上がり、その直後に轟音《ごうおん》が響き渡った。

砲戦を先に仕掛けたのは唐人船だ。続いて二隻目から発射された。

弾丸は海上に大きな円弧を描いて、大黒丸の三丁手前に落ちると水煙を上げた。二発目は総兵衛の立つ舳先前方の海上に力なく落ちた。

「唐人船の大砲は射程が短いぞ！」

と恵次が味方を鼓舞するように叫んだ。

大黒丸と二隻の唐人船は並行して南進しながら互いに距離を詰めてきた。

「加十さんよ、そろそろ半海里を切るぞ！」

喜一の声がして唐人船からさらに三発目、四発目が発射され、今度は大黒丸の手前半丁の海上に水煙が上がった。

加十が唐人船との間合いを計測すると照準を調整し、

「一番重砲、発射準備！」

と命じた。

「一番重砲、準備完了！」

一番重砲要員の梅太郎《うめたろう》が即座に応じた。

「発射！」

駒吉は両手で耳を塞《ふさ》いで、一番重砲の発射を見た。

黒光りする砲口から白煙とともに飛びだした砲弾が弓なりの放物線を描くと唐人船の一隻のすぐ前の海に着弾して大きな水煙を上げた。

唐人船が揺れて悲鳴が起こった。

慌《あわ》て騒ぐ唐人たちの光景も見えた。

「四番重砲発射準備！」

今度は恵次の声が艫櫓下から響いた。

「完了！」

「発射！」

恵次の願いを込めた命令に四番重砲が火を噴き、爆裂りゅう弾が再びきれいな放物線を描いて唐人船を目指して飛んでいった。

総兵衛は砲弾が唐人船の舳先に近い船腹に突き刺さるのを驚嘆の目で見ていた。

唐人船の反りあがった舳先部分が吹き飛び、破壊された部分が虚空《こくう》に持ちあがり、波間に唐人たちが何人も投げだされた。

「おおっ　直撃だぞ！」

「唐人船の舳先が消えた、沈没だぞ！」

どよめきが大黒丸の船上に起こった。

総兵衛たちの眼前で唐人船が横倒しに海面に倒れていこうとしていた。

忠太郎は二隻目の唐人船から撃ち出された砲撃に対し、応射を禁じた。

その砲弾が大黒丸の船尾から半丁も先の海上に落ちた。

「主船頭、一番重砲の準備ができたぞ！」

と射撃の許可を願う加十の催促の声が舳先下から飛んできた。

「待て、様子を見るのじゃあ」

そう答えた忠太郎は望遠鏡で二隻目の唐人船の動きを確かめた。

船上では応戦派と仲間の船の救助派に分かれて混乱が展開されているようだったが、ふいに船上から戦いの気配が消えて、仲間の救助に向かうために舳先を転じていった。

「砲撃方、待機せよ！」

忠太郎が戦闘態勢の継続を命じると、同時に海戦の海から早急に離脱を図るように操船方の新造に命じた。

大黒丸が大きく左舷へ方向を転じた。

三段の横帆がばたばた鳴った。

駒吉は五体をぶるぶると震わせていた。

それは恐怖ではない。

一瞬の砲撃に沈没した唐人船の光景に異国の絶大なる力を思い知らされたせいだ。

（世の中はなんとも広いぞ）

総兵衛が大黒丸を建造した思いをようやく理解できたと駒吉は己に言い聞かせていた。

四

ふいに海上の天候が変わった。

また海が荒れてきた。

鈍色《にびいろ》の空の下、低く雲が垂れこめて、波が大きく高くうねり出した。

再び大黒丸は揺れ始めた。

忠太郎は一段帆に縮帆させた。

海戦と荒天のせいで大黒丸は再び沖縄本島から遠のいていた。

夕刻に首里沖に到着の予定も翌朝にと半日延びていた。

その夕餉《ゆうげ》、総兵衛と忠太郎は話し合って、乗組員に一人一合の祝いの酒を振る舞うことを決めた。

初めての異国船との海戦に勝利したことを密《ひそ》やかに祝うためだ。

総兵衛が食堂に下りるとすでに膳《ぜん》を前にしていた水夫《かこ》らが、

「勝ち戦におめでとうございます！」

と声を揃《そろ》えた。

「今宵《こよい》は緒戦の祝い酒だ。嘗《な》めるほどにて我慢せえ」

「はっ」

駒吉が総兵衛のところへ茶碗《ちゃわん》酒を運んできた。

「総兵衛様、いやはや驚きました。恵次さんが発射された四番重砲の弾丸がまあ見事にも唐人船の舳先を吹き飛ばしましたとき、私は不覚にも身がぶるぶると震えて、瞼《まぶた》が潤《うる》みました」

うーむと頷《うなず》いた総兵衛が茶碗酒を掲げ、

「加十、恵次、ようやったぞ」

と褒めるとその場にいる一族の者たちがそれに倣《なら》い、総兵衛に合わせて杯を上げた。

板の間に怒号のような歓声が沸いた。

「これは砲術方の功績ではない、船大工の箕之吉さんの知恵と工夫があったればこそだ」

そう恵次に言われた箕之吉も嬉《うれ》しそうだ。

だれもが砲撃戦の勝利に酔っていたのだ。

「総兵衛様、大黒丸はなかなかの船ですぞ」

と言った加十が、

「唐人船二隻がわれらを待ち受ける敵方にございましたかな」

と訊《き》いた。

「先ほどから考えておるが、唐人船は敵の先遣船隊か、見張り船ではあるまいかと思う。加十、恵次、本式の砲撃戦はこれからじゃ、気を抜くでない」

「ならば酒はかたちばかりにて早々に飯を食い終え、改めて砲術稽古《げいこ》を始めまする」

と加十が宣言した。

一族の男たちが慌ただしく胃の腑《ふ》を満たして食堂から飛びだしていった。一人一合と割り当てられた酒を全部飲んだ者はだれ一人いなかった。

食堂に残されたのは総兵衛と炊方《かしきかた》の彦次だけだ。炊見習の竜次郎も砲撃訓練に参加していた。

「総兵衛様、もう一杯いかがにございますか」

と酒を勧める彦次に、

「皆が頑張っておるのにおれだけがのうのうと酒を喰らうこともできまい。酒は泊湊に安着した後の楽しみにとっておこうか」

「酒好きの総兵衛様が我慢ですかえ」

「彦次、船に乗って何年になるな」

「明神丸が新造された元禄《げんろく》四年に炊見習で乗りこみましたゆえ、十五年を過ぎました」

「陸に戻りとうはないか」

「さてこの年で客相手のお店《たな》奉公が適《かな》いましょうかな。お許しをいただくなれば今しばらく大黒丸に乗り組んで異国を見とうございますよ」

「彦次、それも奉公よ」

と総兵衛が答えたとき、艫櫓《ともやぐら》を又三郎に任せた忠太郎が姿を見せた。

「主船頭、祝い酒を飲むかね」

彦次が訊《たず》ねると、

「総兵衛様も飲んでおられぬ。泊湊まで祝い酒は待とうか」

とまず茶を所望した。

「総兵衛様、道三河岸が不退転の決心で大黒丸撃破を狙《ねら》ったにしては、実に頼りない敵船にございましたな」

「まだ本隊は姿を見せてはおらぬと見た。此度《こたび》の頭分、隆円寺真悟の影も形もちらつかぬわ」

「艫櫓も同じ意見にございましてな。唐人船を打ち破って有頂天になったわれらを本船隊が襲うのではないかという推量でございますよ」

「唐人船の敗北は敵方も織り込み済みか」

「おそらく」

「となれば敵方の本船隊がいつわれらの前に姿を見せるかだ」

「首里外湊の泊に着く前か、さらに南海へ走ったところか、判断に迷うところにございます。私は明朝夜明け前かと推量いたします。なぜならば先遣船隊の唐人船とそう離れて行動しているとも思えませぬからな」

「ならば恵次、加十らの訓練を早めに切り上げさせて、明朝に備えるように命じよ。少しでも体を休めさせるのじゃ」

「さて聞き入れてくれますか」

忠太郎は初めての海戦に勝利して全員が異常に亢奮《こうふん》していると説明して苦笑いした。

「致し方ないが休息も戦士の務めぞ」

と総兵衛が改めて命じた。

加十と恵次の砲術方に指揮された訓練は夜間の荒れる海上で四つ（午後十時頃）前まで続き、右舷《うげん》左舷に二人の不寝番を残して休みに就いた。

総兵衛は武器庫から一張の強弓を選び出し、矢を揃えた。

大黒丸の船戦の頭領はあくまで主船頭の忠太郎であり、総指揮を任せていた。

総兵衛は鳶沢一族の総大将として、忠太郎の指揮の邪魔にならぬところで手助けしようと考えていた。

総兵衛はその足で船大工の箕之吉の作事部屋に下りて、変わった相談を持ちかけた。それが長々続き、二人はその後、船倉に入って積荷の古着を抜き出した。

艫櫓の操船方と不寝番を残して一時の休息に入っていた。

夜半からうねる海に雨が落ち始めた。

七つ（午前四時頃）の頃合、大黒丸の甲板には砲術方の恵次、加十以下の面々が姿を見せて戦闘配置につこうとして驚いた。

「なんだこれは」

右舷左舷の八門の大砲はまるで祭り屋台のように友禅の着物などで飾られて隠され、きらびやかな光景に変わっていた。

また帆柱から古着物が大漁旗のように飾られ、舷側には吹き流しのような幟《のぼり》まで立てられていた。

「恵次、加十、無断でな、そなたらの得物を着飾らせた」

「総兵衛様、なぜこのようなことを」

恵次が訝《いぶか》しげに訊いた。

「次に遭遇する敵船は昨日の唐人船などではあるまい。強敵と見たほうがい い。小細工に過ぎぬかもしれぬが、相手にこちらの戦闘態勢をぎりぎりまで知らせとうはないでな、かようなものを箕之吉と二人で飾りつけた。射撃となればほれ、この帯の端を引けば、一瞬にして友禅は解《ほど》け、大砲が現れる仕掛けよ」

「相手を油断させようという策にございますか」

「策が利《き》くかどうか」

「ならば、われらも酒を酔い食らった水夫をせいぜい演じましょうかな」

「それそれ、そなたらにも出番があるぞ」

と総兵衛が加十と恵次に思いついた作戦を披露した。

「なんということで」

驚く恵次らの前に徹夜して戦闘用の炊《た》き出しを準備していた彦次と見習の竜

次郎が熱々の味噌汁《みそしる》と握飯を配って歩いた。

「腹が減っては戦もできまい。飯を食した後、祭り囃子《ばやし》に浮かれよ浮かれよ！」

と総兵衛が言い残すと、舳先櫓《へさき》に上がった。すると箕之吉が弓立てと矢立てを造り終えたところだった。

「おおっ、これなれば直《す》ぐに矢が番《つが》えるな」

箕之吉の工夫を褒めた。

その弓の先にも友禅が巻かれて、飛道具であることが隠された。

東の空に微光が走った。

朝の到来だ。

波は相変わらず大きくうねっていたが、雨はすでに止《や》んでいた。

総兵衛は帆柱上の檣楼《しょうろう》にすでに喜一が見張りに就いているのを見た。

艫櫓からも舳先櫓からも高くうねる波のせいで四周の海上は遠くまで見通せなかった。

夜が明けきると海に曇天の空が広がっていた。

大黒丸の甲板だけが祭りの広場のようにきらびやかだった。

見張りの喜一から艫櫓に張り渡された一本の綱が振られ、鈴の音が鳴った。

「船影見ゆ」

の合図だ。さらに綱を滑って竹の輪が下ってきた。その輪には喜一の走り書きの紙片が括《くく》りつけられ、

「左舷前方十海里（約一八・五キロ）に三檣《さんしよう》帆船が急速接近中」

との知らせが届いた。

忠太郎は、稲平に砲術方などへ、

「戦闘配置」

を口伝えに伝えさせた。

忠太郎も総兵衛と話し合い、相手にぎりぎりまでこちらの意図を知らせぬ作戦でほら貝などの鳴り物を禁じていた。

総兵衛の立つ舳先櫓に忠太郎自身が来て、南蛮の三檣帆船の急接近を伝えた。

「一隻《せき》か」

「はい。ですが、澳門《マカオ》を拠点にした三檣帆船の海賊船カディス号の噂《うわさ》は、この前の航海にてもたびたび聞いたことがございます。頭分のカピタン、ドン・ロ

ドリゴなるアラゴン人は稀代《きたい》の船戦上手、さらに乗り組みの者たちは残忍非道の兵ばかりにございますそうな」

「何人乗り組んでおるな」

「唐人船ほどには乗船していませんが、まず古兵ばかり八十人は頭数を揃えておりましょう」

「舷側を合わせての斬《き》り合いになれば、わが方の不利は否《いな》めぬな」

「砲戦でなんとか片をつけたいもので」

そこへ今度は又三郎が走りきた。

「喜一から澳門の海賊船カディス号に間違いないとの報告にございます」

「忠太郎、又三郎、鳶沢一族の浮沈をかけた戦い、そなたらの指揮に託すぞ」

「畏《かしこ》まって候《そうろう》」

二人の幹部が受けて、艫櫓に走り戻った。

そのとき、カディス号がすでに戦闘準備を終えて四海里（約七・四キロ）に迫っていることを知らせてきた。

忠太郎から砲術方に知らされて、大黒丸の船上は次第に強い緊張に支配されていったが、外からみれば荒天の海を航行する、ただの商船と思えた。

「二海里（約三・七キロ）に接近」

との知らせとともに波間に三檣帆船カディス号の黒い船体が肉眼でも見えるようになった。

「あれが南蛮の海賊船か、さすがに獰猛《どうもう》な船構えだぞ」

総兵衛は胸のうちで慨嘆した。

又三郎は望遠鏡でカディス号の船影を捉《とら》え、右舷に砲門の数が十門近くあることを確かめていた。

三檣帆船は、イスパニアの主力、ガレオン帆船を小型にした船足の早い快速帆船だ。小型とはいえ、黒い船体は大黒丸よりもかなり大きく、舷側も高かった。

舷側を合わせての船戦ともなれば、戦闘要員の数もさることながら、相手は高い舷側から飛びこんできて有利な戦が仕掛けられる。

（なんとしても砲戦で決着をつけたいものだ）

と願った。

総兵衛が舳先櫓から合図を送ると大黒丸の甲板に太鼓、笛、鉦《かね》など祭り囃子が響いて、女衣装を頭から被《かぶ》った水夫《かこ》たちが踊り始めた。

知らせを受けた隆円寺真悟は、客間の寝台を下りると松葉杖《づえ》に胸を乗せるようにして、南蛮船の階段をゆっくりと上がった。揺れる船で松葉杖を頼りになんとか歩けるようになるまでに何ヶ月も時間を要していた。

それもこれも大黒屋総兵衛のせいだ。

「頭領《ヘフェ》」

と船長のドン・ロドリゴが操船指揮所に手招きして上げると望遠鏡を差しだした。

隆円寺真悟はカディス号に乗り合わせた半年余りの間にイスパニア国アラゴン人のドン・ロドリゴの忠誠心が、

「金銭」

によることを見抜いていた。

高額の利益が保証された長崎沖での年二度の密輸は、澳門を拠点にして海賊行為を繰り返してきたドン・ロドリゴにさらなる利益を約束しているのだ。

互いに相手の言葉が理解できないドン・ロドリゴが差しだした望遠鏡を真悟は受け取った。

松葉杖に体を寄りかからせて望遠鏡を覗《のぞ》いた。するといきなり大黒丸の三段帆が映じて、舳先に座して悠然と酒を酌《く》む総兵衛の姿を捉えた。

「カピタン、これが大黒丸じゃぞ」

真悟の喜びの日本語を理解したようにドン・ロドリゴが頷き、西班牙《スペイン》の言葉で訊《き》いた。

「これは船祭りか」

真悟はカピタンの言う言葉が理解できなかった。

ドン・ロドリゴは望遠鏡をよく見ろと差した。

真悟は再び望遠鏡に目を当てた。すると大黒丸の甲板に祭り櫓《やぐら》が設《しつら》えられ、水夫たちが踊り狂っていた。さらに陽気な調べの祭り囃子が海を伝って流れてきた。

「これは」

真悟は絶句し、考えた。

(総兵衛の罠《わな》ではないか)

カディス号の甲板のあちこちでは雑多な出身の雇兵たちが戦闘態勢の緊張を解いて、大黒丸の祭り囃子に聞き入り、中には踊りだす者もいた。

「カピタン、これは総兵衛の策略だぞ。大砲を撃て！　大黒丸を沈めろ！」

と叫んだが言葉の通じない海賊船の船長は、

「威嚇《いかく》の砲撃の後、接舷させろ！」

と操舵手《そうだしゅ》に命じていた。

隆円寺真悟だけが喚《わめ》く中、カディス号は大黒丸とすれ違うと大きく反転して大黒丸の左舷側から再接近してきた。

大黒丸には離合する瞬間、砲撃の好機があった。だが、総兵衛の意を汲《く》んだ忠太郎の命で砲撃は見送られて、
ぴいひゃらぴいひゃら
と祭り囃子が続けられていた。

三本の帆柱に風を満帆に孕《はら》ませたカディス号は大黒丸に二、三丁の間合いで

追走し、さらに間合いを縮めながら併走状態に入ろうとしていた。

「カピタン！」

さすがに隆円寺真悟の異常な様子に気づいたドン・ロドリゴは、

「威嚇砲撃、用意！」

の命を下そうとした。

その瞬間、大黒丸の舳先櫓で酒を飲んでいた男が立ちあがり、祭り飾りと見られた着物が剝《は》ぎ取られると、四門の大砲の砲口がすでにカディス号に向けられているのが見えた。

「糞《くそ》っ！」

と叫んだドン・ロドリゴの眼が二門の大砲が斉射されたのを確かめた。

固定された五番重砲と八番重砲から打ち出された砲弾が二丁先の海面を疾走する三檣帆船へ放物線を描いて飛来してきた。

「取り舵《かじ》！」

海賊船のカピタンの叫びが波間に響いた。

だが爆裂りゅう弾はカディス号の右舷の中央部を直撃して、砲撃態勢に入っていた大砲三門と砲撃手たちを虚空《こくう》に高々と吹き飛ばした。さらにその直後、八番重砲が前檣帆柱を打ち砕いて倒した。

「うおおっ！」

という雄叫《おたけ》びが上がり、同時にカディス号からの応撃が開始された。

舳先と船尾の大砲は無傷だったのだ。だが、砲撃を受けて大きく揺らいだ船体のために照準が狂い、カディス号から発射された砲弾はどれもが大黒丸の帆柱を遥《はる》かに越えたり、後方に逸《そ》れて飛び去った。

「距離を置け！」

ドン・ロドリゴの悲鳴にも似た命が飛び、六番、七番の軽砲が発射されたときにはカディス号は、大黒丸との間合いを開いて射程距離の外に逃れていた。

「畜生！　日本人野郎に先手を喰らわされたぞ。わが大砲のほうが射程距離は長いのだ、今度はこちらから百倍のお返しをしてやる！」

顔を朱に染めたドン・ロドリゴが叫び、カディス号の甲板では迅速な立て直しが行われた。

破壊された右舷の大砲や死人たちが海に突き落とされ、倒された前檣帆柱もまた海に投げ捨てられた。

さすがに南海を縦横無尽に走りまわる百戦錬磨の海賊たちは、迅速に反撃の態勢を整え直した。

その間に大黒丸は必死で首里の外湊《そとみなと》の泊を目指して疾走していた。

だが、反撃の機を窺《うかが》うカディス号は右舷が破壊され前檣帆柱が倒されたことなどさほどの打撃とも感じぬ船速で大黒丸との間合を右舷側から急速に詰めてきた。

今度は一斉に十門の砲門がいきなり開かれた。

荒れる南海を殷々《いんいん》たる砲声が木霊《こだま》し、大黒丸の頭上に降りかかってきた。

「面舵《おもかじ》！」

忠太郎はなんとカディス号との間合いを詰めるように大黒丸の舵を切った。

舵取りの武次郎と操船方の新造が力を合わせて舵棒を押した。

統五郎が工夫に工夫を重ねた大舵がゆっくりと利《き》きだした。

だが、間合いのうちに入ろうとした忠太郎の企ても空《むな》しく十門の大砲から打ち出された砲弾二発が総兵衛の立つ舳先櫓下《へさきやぐらした》と三角の補助帆の弥帆《やほ》を打ち砕いた。

大黒丸が左舷側に傾いた。

総兵衛は屹立《きつりつ》していた。そして、併走するカディス号の船尾に松葉杖に縋《すが》って立つ白髪の日本人を見た。

隆円寺真悟だ。

(そなたとは四度目の戦いじゃな、此度《こたび》こそ決着をつけるぞ)

総兵衛が心に誓ったとき、加十の声が響いた。

「応撃発射！」

大黒丸の一番重砲と四番重砲が追い抜いていくカディス号に撃ちかけられた。

だが、大黒丸に搭載された大砲の射程距離外を走る海賊船の手前の海上に空しくも爆裂りゅう弾は落ちた。

二船は再び距離が開いた。

その間に大黒丸では被害が調べられた。

距離があったせいで砲弾の勢いが減じられ、帆走に差し支えはなかった。だが、弥帆を使用不能にされたことで操船が難しくなっていた。

死人は幸いにもなかった。

だが、落ちかかった帆桁《ほげた》に打たれて勇次《ゆうじ》と弁松《べんまつ》が腕を砕かれ、頭に怪我《けが》を負っていた。

二人は直《す》ぐに食堂に下ろされ、炊方《かしきかた》の彦次に手当てをされることになった。

大黒丸とカディス号は、二戦して一勝一敗のかたちで最後の時を迎えようとしていた。

先行したカディス号は三度大きく反転すると大黒丸へ急接近し、砲撃を開始しようとしていた。そして、その甲板上では砲撃隊とは別に斬り込み隊が腕を撫《ぶ》して、その時を待っていた。

荒れた海は二隻の砲撃を難しくしていた。だが、海戦に慣れたドン・ロドリゴの手下たちは、すでに戦利品の分配に心を寄せていた。

「南蛮三檣帆船、一海里（約一・八五キロ）に接近！」

見張りの喜一の声が甲高く響いた。

総兵衛が檣楼を見上げると喜一が望遠鏡を鉄砲に持ち替えようとしていた。

三度目の砲戦は、二隻の帆船が左舷《さげん》と左舷を正面から接触させるようなかたちで開始された。

カディス号の一斉砲撃が始まった。

八番重砲の恵次は、

「まだまだ」

と照準の外のカディス号への砲撃を制止した。

その間に三檣帆船から打ち出された砲弾が大黒丸の舳先下から舷側、さらには自慢の横帆を破壊していった。

「恵次さん！」

とだれかが呻《うめ》くように催促した。

「まだまだ」

と我慢の声を上げて許さなかった。

総兵衛は段々と接近する海賊船カディス号を睨《にら》むと立てかけられてあった強弓を摑《つか》んだ。すると足元にしゃがんでいた箕之吉が矢を取って総兵衛に渡した。

「箕之吉、見ておれ」

総兵衛が矢を番《つが》えた。

　恵次の、

「砲撃！」

　の命が下り、八番重砲がまず火を噴いた。

　恵次が我慢に我慢を重ねてきた爆裂りゅう弾は、カディス号の左舷船腹に大穴を開けた。

　同時にカディス号から発射された砲弾が百二十余尺の主帆柱の一本を甲板上十余尺で打ち砕くと檣楼《しょうろう》にいた見張りの喜一ごと荒れる海に吹き飛ばした。さらにもう一発の砲弾が船尾を掠《かす》めて、舵を操作する支柱を引き千切って壊した。

　大黒丸の六番軽砲がカディス号の舳先下に突き刺さった。そのせいでカディス号の船足が急速に落ちた。

　総兵衛は一丁を切った海面を離合する異国の船の船尾に立つ隆円寺真悟に向けて、きりきりと弓を引き絞った。

　総兵衛の周りには敵船の狙撃《そげき》手が放った銃弾がぱらぱらと飛んできた。

　その一発が脇腹《わきばら》の肉をこそげていった。

　総兵衛は不動の姿勢で弓に集中した。

満月に引き絞られた弦《つる》が放たれ、矢が虚空《こくう》に飛んだ。

荒れる海の上を飛び交う砲弾を潜って、一筋の矢が大黒丸とカディス号の間を一直線に結び、鳶沢総兵衛への復讐《ふくしゅう》を誓う隆円寺真悟の薄い胸板を貫き、後方の海へと吹き飛ばした。

「頭!」

ドン・ロドリゴの悲鳴が騒乱の戦場に響き、二船は離合した。

だが、舵を破壊された大黒丸と船腹から浸水してきたカディス号は、もはや雌雄を決するために反転して相見《あいまみ》える操船能力を失っていた。

海戦が終わった海に二船の残骸《ざんがい》が漂い流れて、大雨が再び曇天の空から落ちてきた。

首里の泊湊に大黒屋の出店の主《あるじ》の信之助とおきぬ夫婦が毎日のように通う姿が見られた。

薩摩《さつま》藩の便船に託して届けられた総兵衛の手紙に書かれた日程は過ぎていたが、大黒丸は姿を見せる様子がなかった。

「信之助様、どうしたことでしょう」

「沖は荒れておるときいたゆえ船が流されているのかもしれぬな」

「少々の嵐《あらし》など大黒丸にかぎって、何事でもありますまい」

夫婦の会話は堂々巡りに繰り返されてきた。

そのとき、島通いの船が湊に入ってくると、

「おい、皆の衆よ、澳門の海賊船に襲われた船が出たぞ！」

と船頭が叫んだ。

「襲われたのはどこの船じゃな」

信之助らと一緒に薩摩からの便船を待っていた男が叫んだ。

島通いの船が信之助らが立つ船着場に舳先をぶつけるように止められ、陽に焼けた船頭が船着場に飛びおりてくると、

「海にこんなものが浮かんでいたぞ」

と皆の前に広げて見せた。

信之助とおきぬの顔色が変わった。

それは喜一が帆柱上に掲げた鳶沢一族の戦旗だった。

「な、なんと」

旗は砲撃の跡を見せて焼け焦《こ》げ、千切れていた。それは鳶沢一族が乾坤一擲《けんこんいってき》の戦いに挑むときに掲げられる戦旗だった。

「信之助様、海賊船に襲われたのは大黒丸にございましょうか」

おきぬの小声が震えて問うた。

信之助からはなんの答えもなかった。

亭主の顔をおきぬが振り見ると険しい顔で信之助が沖合いを見詰めていた。

(大黒丸が海賊船に襲われて沈没した……)

そのとき、悪夢のようなその言葉が信之助の脳裏を駆け巡っていた。

# 終　章

極月《ごくづき》（十二月）の半ばの昼下がり、富沢町の大黒屋は仕入れの客で込み合っていた。古着問屋の店を仕切るのはむろん大番頭の笠蔵だ。

数日の予定で伊香保村まで影御用に出た大黒屋の主《あるじ》総兵衛と手代の駒吉は、なんと若狭小浜湊《わかさおばまみなと》から大黒丸に便乗して、琉球《りゅうきゅう》を経由して異国との交易の旅に出ていた。

その知らせは若狭小浜湊から早飛脚にてもたらされた。

また手紙には新しく乗船した船大工の與助の裏切り行為が克明に綴《つづ》られてあった。総兵衛はまた統五郎親方に知らせるのは與助の裏切りがいま少し明白になった後にしてくれと注意していた。

笠蔵が待ち望んだ次の手紙は、平戸城下の飛脚屋を経由したもので、與助の大黒丸からの失踪《しっそう》とそれに続く騒ぎ、そして、與助の自滅が克明に記されていた。総兵衛の手紙とともに箕之吉の手紙も添えられていた。

この時点で笠蔵は美雪と相談し、船大工の統五郎親方と会った。

笠蔵は総兵衛からの手紙の内容を口頭で告げた。

手紙自体を見せることは大黒屋の商いに差し支えたし、なにより鳶沢《とびさわ》一族の秘密を統五郎親方に知らせることになる。むろん大黒丸建造のときから統五郎は、

「大黒屋がなみの商人ではない」

と承知していた。だが、隠れ旗本鳶沢一族に課せられた宿命と使命をわざわざ明白にすることもない。

笠蔵の話を聞き、その後で箕之吉の手紙を読む統五郎の顔面は蒼白《そうはく》で手がぶるぶると震えた。

何度も箕之吉の手紙を読み直した親方が、

「大番頭さん、このとおりだ」

と笠蔵の前に平伏し、

「総兵衛様がお戻りの節は、この統五郎いかような責めも負います。大番頭さん、それまでわっしの命、おまえ様に預けます」

ときっぱり言い切ったものだ。

與助の裏切りは、なにも統五郎親方だけの責任ではなかった。鳶沢一族と関わったがゆえに道三河岸《どうさんがし》一派の手が與助に伸びてきたのだ。

與助は鳶沢一族に関わったゆえの犠牲者といえなくもない。

「親方、おまえ様の言うとおり、この一件は総兵衛様の帰りまで互いに預かりと致しましょうかな」

笠蔵はそう告げると竹町河岸から富沢町へ戻ってきた。

ともあれ、大黒屋の六代目の主、総兵衛は大黒丸に乗って異郷の海を走っている時分だ。

與助へ道三河岸の手が伸びたせいで総兵衛の異郷への旅が早まった。

鳶沢一族に大いなる転機が訪れていたのだ。

笠蔵は総兵衛が長期に不在となることになった店の内外を厳しい目で睨《にら》みまわし、わずかな気の緩みも厳しく注意した。

「総兵衛様が留守だとさ、大番頭さんが却《かえ》ってうるさいな」

と小僧たちが言い交わしているほどだ。

そんな昼下がり、飛脚屋が大黒屋の店先に立ち、

「番頭さん、早飛脚だぜ」

と大黒屋総兵衛様と宛名《あてな》書きのある手紙を届けてきた。

笠蔵はすぐに琉球の信之助の筆跡と分かった。

（信之助とおきぬの間にできたやや子の知らせかな）

とそんなことを思いながら、笠蔵は店から美雪の下へ向かった。

その途中、

（なぜ信之助は総兵衛様に宛てて手紙を書いたか）

という疑いが生じた。

信之助が総兵衛宛てに手紙を書いたということは、総兵衛と信之助が出会っていないということではないか。

（なんということか）

渡り廊下を歩く笠蔵の足取りが早くなった。

「美雪様、琉球の信之助から手紙が来ました」

「おお、それは」

生まれてくる子の宮参りの晴れ着を縫っていた美雪が、

「大番頭さん、読んでくださいな」

と針を持つ手を休めた。

「それが信之助の手紙の宛名は総兵衛様にございますので」

「どういうことでしょうか」

美雪の顔が曇った。

「笠蔵さん、まず読んでくだされ」

「総兵衛様の宛名の手紙を私が……」

と呟《つぶや》きつつも笠蔵が手紙の封を手早く切り、読みだした。

「大黒屋総兵衛様　取り急ぎ一筆認《したた》め申し上げ候《そうろう》。大黒丸、琉球《りゅうきゅう》首里沖八十六海里の海上にて澳門《マカオ》を拠点に暗躍し居る海賊船南蛮型三檣《さんしょう》帆船の攻撃を受け、激しき砲撃戦の後、双方ともに多大なる被害を受けし模様にて両船とも行方知れず……なんということが」

「総兵衛様！」

美雪の悲鳴が座敷に響きわたった。

「美雪様、お気を確かに」

「笠蔵さん、先を読んでくだされ」

取り乱した美雪は一瞬にして気を引き締め直していた。

「……その報を知りたる私は三隻《せき》の船を雇いて海戦の行われし海域の捜索に取りかかり候処《ところ》、大黒丸の残骸《ざんがい》、海賊船の乗組員の死骸無数に漂流しおり、大黒丸襲撃されたる事、明白と存じ居り候。その上、喜一の亡骸《なきがら》回収せし事、無念の思いに御座候。総兵衛様、われら捜索海域を広げ大黒丸の行方十日にわたりて追いしが、如何《いかん》せん琉球の沖合い遥《はる》か、さらに戦い当日は荒天の海にて最悪の状況に御座候わば主船頭忠太郎以下の消息摑《つか》むこと能《あた》わず、もはや絶望というべきかと考え居り候。総兵衛様、この始末いかが致すべきか、ご指示仰ぎたく書状にて急ぎ通知申し上げ候……」

美雪が黙って立つと大きく迫《せ》り出した腹を抱えて仏間に入った。

笠蔵は頭の中が真っ白になってなにも考えられなかった。

信之助は大黒丸に総兵衛が乗船していることも知らず、総兵衛宛てに悲劇を知らせる手紙を送ってきた。

笠蔵の周囲が暗く沈み、悪寒《おかん》が老いた身に憑《と》りついた。

(なんということが……)

呆然《ぼうぜん》とする笠蔵の耳に美雪の咽《むせ》び泣く声が聞こえてきた。

この作品は平成十五年十二月徳間書店より刊行された。新潮文庫収録に際し、加筆修正し、タイトルを一部変更した。

司馬遼太郎著
梟の城
直木賞受賞
信長、秀吉……権力者たちの陰で、凄絶な死闘を展開する二人の忍者の生きざまを通して、かげろうの如き彼らの実像を活写した長編。

司馬遼太郎著
城塞（上・中・下）
秀頼、淀殿を挑発して開戦を迫る家康。大坂冬ノ陣、夏ノ陣を最後に陥落してゆく巨城の運命に託して豊臣家滅亡の人間悲劇を描く。

司馬遼太郎著
風神の門（上・下）
猿飛佐助の影となって徳川に立向った忍者霧隠才蔵と真田十勇士たち。屈曲した情熱を秘めた忍者たちの人間味あふれる波瀾の生涯。

城山三郎著
冬の派閥
幕末尾張藩の勤王・佐幕の対立が生み出した血の粛清劇〈青松葉事件〉をとおし、転換期における指導者のありかたを問う歴史長編。

城山三郎著
雄気堂々（上・下）
一農夫の出身でありながら、近代日本最大の経済人となった渋沢栄一のダイナミックな人間形成のドラマを、維新の激動の中に描く。

城山三郎著
秀吉と武吉
—目を上げれば海—
瀬戸内海の海賊総大将・村上武吉は、豊臣秀吉の天下統一から己れの集団を守るためいかに戦ったか。転換期の指導者像を問う長編。

宇江佐真理著　春風ぞ吹く
—代書屋五郎太参る—

25歳、無役。目標・学問吟味突破、御番入り——。いまいち野心に欠けるが、いい奴な五郎太の恋と学問の行方。情味溢れ、爽やかな連作集。

宇江佐真理著　無事、これ名馬

「頭、拙者を男にして下さい」臆病が悩みの武家の息子が、火消しの頭に弟子入り志願するが……。少年の成長を描く傑作時代小説。

宇江佐真理著　深川にゃんにゃん横丁

長屋が並ぶ、お江戸深川にゃんにゃん横丁で繰り広げられる出会いと別れ。下町の人情と愛らしい猫が魅力の心温まる時代小説。

宇江佐真理著　古手屋喜十　為事覚え

浅草のはずれで古着屋を営む喜十。嫌々ながら北町奉行所同心の手助けをする破目に——人情捕物帳の新シリーズ、ついにスタート！

宇江佐真理著　雪まろげ
—古手屋喜十　為事覚え—

店先に捨てられていた赤子を拾って養子にした古着屋の喜十。ある日突然、赤子のきょうだいが現れて……。ホロリ涙の人情捕物帳。

北原亞以子著　祭りの日　慶次郎縁側日記

江戸の華やぎは闇への入り口か。夢を汚す者らから若者を救う為、慶次郎は起つ。江戸の哀歓を今に伝える珠玉のシリーズ最新刊！

難《なん》破《ぱ》
古着屋総兵衛影始末 第九巻

新潮文庫　さ－73－9

平成二十三年七月一日発行
平成三十年十二月二十五日七刷

著者　佐《さ》伯《えき》泰《やす》英《ひで》
発行者　佐藤隆信
発行所　株式会社新潮社
郵便番号　一六二—八七一一
東京都新宿区矢来町七一
電話　編集部(〇三)三二六六—五四四〇
読者係(〇三)三二六六—五一一一
http://www.shinchosha.co.jp
価格はカバーに表示してあります。
乱丁・落丁本は、ご面倒ですが小社読者係宛ご送付ください。送料小社負担にてお取替えいたします。

印刷・株式会社光邦　製本・株式会社大進堂

ISBN978-4-10-138043-8 C0193